C.F. Gellert

Sämtliche Scrhriften Herrn C. F. Gellerts

Sechster Teil

C.F. Gellert

Sämtliche Scrhriften Herrn C. F. Gellerts
Sechster Teil

ISBN/EAN: 9783743659476

Hergestellt in Europa, USA, Kanada, Australien, Japan

Cover: Foto ©Andreas Hilbeck / pixelio.de

Weitere Bücher finden Sie auf **www.hansebooks.com**

Sämtliche
Schriften

Herrn

C. F. Gellerts.

Sechster Theil.

Vorrede.

Ich erfülle hiemit das Verſprechen, das ich unlängſt öffentlich *), obgleich gezwungen, gethan habe, und liefere meinen Leſern den gröſsten Theil der Fabeln und Erzählungen aus den Beluſtigungen, verbeſſert, und an vielen Orten geändert. Vielleicht iſt dieſe Arbeit eine der undankbarſten, die ich jemals unternommen habe; ſo wie ſie mir eine der unangenehmſten geweſen iſt. Geſezt, es wäre mir geglückt, dieſe meine erſten Verſuche von den meiſten Fehlern zu reinigen: ſo iſt doch die Abweſenheit der Fehler in den Werken des Geſchmacks mehr eine Nothwendigkeit, als ein Verdienſt. Man kann einer Poeſie durch Verbeſſerungen kleine Schönheiten geben; das iſt gewiſs. Aber die Hauptſchönheit, die in der ganzen Anlage, in der ungezwungenen Einrichtung, in der Farbe der Schreibart ſelbſt beſteht; wie kann dieſe einem Werke ertheilt werden, wenn ſie nicht in ſeiner Geburt mit ihm

A 3   er-

* In dem 123. Stücke des *Hamburgiſchen Correſpondenten.*

erzeugt wird, wenn fie nicht, wie die Seele,
mit ihrem Körper zugleich da ift? Dadurch,
dafs man dem Gefichte die Flecken entzieht,
wird die Miene noch nicht einnehmend.

Die wenigen neuen Stücke, die ich in
diefen verbefferten an die Seite gefetzt habe,
find fchon vor vielen Jahren gefchrieben,
und würden ohne ihre Gefellfchaft vielleicht nie öffentlich erfchienen feyn. Sie
follen die Stellen der Erzählungen in den
Beluftigungen vertretten, die hier ganz und
gar zurückgeblieben find, weil fie keiner
Verbefferung fähig waren.

Was die Critiken anlanget, die ich über
einige von diefen Fabeln beygefüget: fo
habe ich in dem Eingange derfelben meine
Abficht fchon erklärt. Sie find für die Anfänger der Poefie gefchrieben, und für
Lefer, die zu flüchtig, oder zu günftig zu
urtheilen pflegen.

Das *Band*, ein Schäferfpiel, erfcheint,
wie es war. Ich hätte die Fabel, die Charaktere, die Schreibart ändern müffen; und
wie konnte ich diefes thun, ohne ein ganz
neues Stück zu verfertigen? Indeffen find
die Urfachen, aus denen es hier noch einen

nen Platz bekommen, nebſt den meiſteh
Fehlern dieſes Gedichtes, in dem Vorbe-
richte angemerket worden.

Statt der Odeu, die in denen Beluſtigungen von mir ſtehen, und die unter der
Critik ſind, erhalten meine Leſer ein Paar
noch nie gedruckte, die *Freundſchaft* und
den *Ruhm.* Sind ſie nicht die ſchönſten:
ſo ſind ſie doch ungleich beſſer, als diejenigen, die ich durch ſie verdrängen will.

Da ich ferner, nach meinem gegebenen
Worte, die proſaiſche Aufſätze aus den
Beluſtigungen, die in einigen Abhandlungen,
Briefen, und einer Rede beſtehen, verbeſſern wollte, und fand, daſs ich ſie mit
gutem Gewiſſen nicht zum zweytenmale
drucken laſſen könnte: ſo beſchloſs ich,
nur die einzige Abhandlung: *warum es nicht
gut ſey, ſein Schickſal vorher zu wiſſen,* bey-
zubehalten, und auszubeſſern, die übrigen
alten Stücke aber durch neuere Abhandlungen und Reden zu erſetzen. Kann ich
durch dieſe Vergütung den Druck der ver-
worfnen Arbeiten nicht verhindern: ſo
muſs ich mir die Gewalt der Preſſe, über die
ſelbſt *ein Haller* wegen ſeiner jugendlichen
Schriften hat klagen müſſen, gefallen laſſen.

Genug,

Genug, daſs ich nunmehr öffentlich dieſe
meine erſten Verſuche gemiſsbilliget, und
ſchon an drey verſchiedenen Orten, ſeit
ſechs und mehr Jahren, durch mein Bitten,
und durch die Vorbitten meiner Freunde
und Gönner, den Druck derſelben zurück
gehalten habe.   Ich habe überdieſs das
Vertrauen zu der Billigkeit des Publici,
daſs es keine meiner Arbeiten, die ich nicht
ſelbſt in meine Schriften einrücke, als von
mir gebilligt anſehen wird.   Die Antritts-
rede, die in dem zweyten Theile ſteht, iſt
von Herr Magiſter *Heyern*, einem meiner
Freunde, dem Ueberſetzer der Saurinischen
Paſsionspredigten, aus dem Lateiniſchen
überſetzt worden.   Da dieſe Sammlung
kein Werk für Gelehrte iſt : ſo würde die
Rede in der lateiniſchen Sprache am un-
rechten Orte geſtanden haben.   Sie hat das
lateiniſche *Ihr*, vielleicht des Nachdrucks
wegen, beybehalten; und ich glaube nicht,
daſs dieſe Kleinigkeit jemanden im Leſen
beunruhigen wird.

Ich habe alſo die ganze Sammlung
mehr gezwungen, als freywillig heraus-
gegeben; muſs ich nicht vielleicht be-
fürchten, daſs der Dank der Leſer auch ſo
beſchaffen ſeyn werde ? Leipzig, in der
Michaelismeſſe 1756.

Der

Der Schäfer und die Sirene.

Ein Schäfer aus der goldnen Zeit,
In feinem ftillen Hirtenftande
Ganz Ruhe, ganz Zufriedenheit,
Trieb öfters an des Meeres Strande,
Und was er fang, war Frölichkeit.
Ihn rührten keine Schäferinnen.
Gefiel ihm Daphne ja zuweilen bey dem Spiel:
So konnte fie doch nichts gewinnen,
Als dafs fie flüchtig ihm gefiel.
Ein feltner Fall, dafs ohne Schöne
Ein junger Schäfer glücklich war!
Doch feinem Herzen droht Gefahr.
Welch eine reizende Sirene
Schwimmt dort! Kaum wird er fie gewahr:
So fühlt fein Herz Lieb und Gefahr.
Er fteht, und will nicht ftehen bleiben!
Er ftaunt, blickt auf die Sängerinn,
Will abwärts mit der Heerde treiben,
Und treibt nur mehr ans Ufer hin.

Nun irrt allein, ihr guten Heerden;
Der Schäfer hat für euch jetzt keine Zeit.
Er klagt durch Lieder und Gebehrden
Der Sckönen feine Zärtlichkeit;
Verfpricht ihr alle feine Heerden
Und alles Glück der goldnen Zeit,

Sie,

Sie , wohl in ihrer Kunſt erfahren,
Hört nichts von dem , was er verſpricht ,
Scherzt mit der See, putzt an den Haaren,
Als ſähe ſie den Schäfer nicht,
Und nöthigt ihn durch ſchlaue Blicke,
Den Antrag ihr noch oft zu thun.
Ich, ſingt ſie, bin nicht mein. Neptun beſtimmt
　　　mein Glücke ;
Und wenn ich dich nicht flüchtig nur entzücke :
So geh und bitte den Neptun.
Er bat.　Nein, ſprach der Gott der Meere,
Wenn ich die Bitte dir gewähre,
Gewähr ich dir dein Unglück nur.
Der Schäfer ſchleicht betrübt nach ſeiner Hütte ;
Nun lacht ihm weiter keine Flur.
So oft Neptun am Strande fuhr,
So wiederholt er ſeine Bitte.
„Neptun ! So ſoll das Meer die trefflichſte Geſtalt,
„Die mich entzückt, in ſeinen Schoos begraben ?„
Nein , rief der Gott, du follſt ſie haben ;
Denn du verlangſt ſie mit Gewalt.

　Wie hurtig ſchwamm nunmehr die Schöne
Dem Ufer zu ! Wie ſchön ſang Sie, wie zauberiſch !
Er reicht ihr ſeine Hand. „Kom, göttliche Sirene !„
Doch welch Entſetzen ! Seine Schöne,
Sein Liebling , war halb Menſch, halb Fiſch.
Mit Zittern floh Damöt vom Meere,
Und gab nachher der Flur ſehr oft die Lehre,
Daſs unſer liebſter Wunſch oft groſse Thorheit
　　　wäre.　　　　　Die

****

Die Bienen.

In einem Bienenſtock entſpann ſich einſt ein Streit
Der bürgerlichen Eitelkeit,
Mit einem Wort, ein Streit der Ehre,
Wer edler und unedler wäre.
O, rief die ſtachlichte Partey,
Was braucht man lange noch zu fragen,
Wer beſſer oder ſchlechter ſey?
Wir, die wir in den warmen Tagen
Die Höschen in die Zellen tragen,
Und ſtets mit Kunſt beſchäftigt ſind,
Daſs unſer Roſt von Honig rinnt,
Wer ſieht es nicht, daſs wir die Beſſern ſind?
Was braucht man alſo noch zu fragen?

So? fielen hier die andern drein,
Wo wird denn euer Honig ſeyn,
Wofern wir nicht das Waſſer künſtlich tragen?
Daſs euer Stachel uns gebricht,
Dieſs ſchadet unſerm Werthe nicht;
Genug daſs wir das Amt getreu verwalten,
Wozu der Staat uns für geſchickt gehalten.
So niedrig unſre Pflicht euch ſcheint,
So ſoll euch doch der Ausgang lehren,
Daſs wir mit euch zugleich vereint
Zur ganzen Republik gehören.

A 7 Sie

Sie trugen drauf kein Waffer mehr.
Nun mufsten die , die Honig machten ,
Fliehn , oder in der Beut verfchmachten,
Und viele Zellen wurden leer.

Der Weifer rief darauf den Reft der Unterthanen,
Um fie zur Eintracht zu vermahnen.
Der Unterfchied in eurer Pflicht
Erzeugt, fprach er, den Vorzug nicht.
Nur die dem Staat am treuften dienen,
Diefs find allein die beffern Bienen.

Der Held und der Reitknecht.

Ein Held , der fich durch manche Schlacht
Durch manch verheertes Land des Lorbers
                werth gemacht,
Floh einftens nach verlohrner Schlacht,
Verwundet in den Wald, den Feinden zu entkomen,
Traf einen Eremiten an ,
Und ward von diefem frommen Mann,
Nebft feinem Reitknecht , aufgenommen ;
Doch beider Tod war nah.

            Ach , fieng der Reitknecht an,
Werd ich denn auch in Himmel kommen ?
Ich habe leider nichts gethan ,
Als meines Herrn fein Vieh getreu in acht
                genommen.

                                Ich

Ich armer und unwürdger Mann !
Allein mein Herr, der muſs in Himmel kommen;
Denn er, ach er hat viel gethan !
Er hat drey Könige bekrieget,
In ſieben Schlachten ſtets geſieget,
Und Sachen ausgeführt, die man kaum glauben
kann.

Der Eremit ſah drauf den Helden kläglich an.
„Warum habt Ihr denn alles dieſs gethan ?„
Warum ? Zu meines Namens Ehren,
Um meine Länder zu vermehren,
Um, was ich bin, ein Held zu ſeyn.
O, fiel der Eremit ihm ein,
Deswegen muſstet Ihr ſo vieles Blut vergieſsen?
Ich bitt Euch, laſsts Euch nicht verdrieſsen,
Ich ſag es Euch auf mein Gewiſſen,
Der Reitknecht, als ein ſchlechter Mann,
Hat wirklieh mehr als Ihr gethan.

Die Lerche und die Nachtigall.

Oft lieſs, der Kunſt und ſeinem Wirth zu
Ehren,
Sich der Canarivogel hören,
Und freute fich, wenn durch ihr ſchmetternd
Lied
Die Lerche minder Kunſt verrieth.

O

O , fprach fic , wenn ich doch ein Lied
Gleich feinen hohen Liedern fänge !
Und fang , indem fie diefes fprach ,
Dem Nachbar eiferfüchtig nach ,
Verliebte fich in feine fremden Gänge ,
Und quälte fich , den angebohrnen Ton
Durch den erlernten zu verdringen ,
Und trug , nach vieler Müh , zuletzt das Glück
                        davon ,
Canarifch fehlerhaft zu fingen.

O , fprach die Nachtigall , die lang ihr
                        zugehört ,
Wie finnreich bift du nicht, mein Ohr und deins
                        zu quälen !
Dich hatte die Natur vortrefflich feyn gelehrt,
Und fieh , nun lehrt der Zwang dich fehlen.

Elpin fchreibt niedrig und fchreibt fchön ;
Cleanth fchreibt hoch.   Elpin wünfcht ihm
                        zu gleichen.
Wie theuer kömmt es ihm zu ftehn !
Er fucht Cleanthen zu erreichen ,
Und äfft ihn nach , und mufs ihm weichen ,
Und fchreibt und denkt für keinen Menfchen
                        fchön.

                                    Der

✦✦✦✦✦✦✦✦✦✦✦✦✦✦✦✦✦✦✦✦✦✦✦✦

Der Knabe und die Mücken.

Mein Vater geht ins Holz, wie ich gemerket habe;
So fagte Fritz, ein kleiner muntrer Knabe,
Und hüpft, indem er diefes fprach,
Von feinem Jugendglück gerühret,
Von feinem Phylax angeführet,
Dem Vater fchon von weitem nach.
Kaum trat er in den Bufch, als ihn hier
              eine Mücke,
Dort wieder eine Mücke ftach.
Er fchalt, und lief ein gutes Stücke,
Dem böfen Schwarme zu entfliehn;
Allein je mehr er lief, je mehr verfolgt er ihn.
Gut, fprach er, ftecht nur immer kühn,
Ich will es nicht umfonft betheuern,
Ihr findet hier heut euer Grab.
Erbittert bricht er Ruthen ab,
Und kämpft mit feinen Ungeheuern:
Allein fie fanden nicht ihr Grab;
Und ftachen fie zuvor aus bloffer Luft zu ftechen,
So ftachen fie nunmehr, um fich zu rächen.

   Verwundet im Geficht, auf beiden Händen
              roth,
Eilt Fritz dem Vater zu, und klagt ihm feine
              Noth.

                  „O

„O fehn Sie nur, das nenn ich ftechen !
„Ich habs bald fo, bald fo verfucht,
„Ich lief, ich fchlug, und doch half weder Schlag
    noch Flucht„
Fritz, hub der Vater an, du hafts nicht recht
    verfucht.
Geh ruhig fort, fo kann ich dir verfprechen,
Sie werden weniger, als wenn du fchlägft, dich
    ftechen.

Ein kleiner Feind, diefs lerne fein,
Will durch Geduld ermüdet feyn.
Und trittft du einft, gleich mir, ins groffe
    Leben ein,
Und wirft um dich viel kleine Feind erblicken:
So achte nicht auf ihre Tücken ;
Verfolge deinen Weg getroft, und denke fein
An die Gefchichte mit den Mücken.

Die Wachtel und der Hänfling.

Zur Wachtel, welche der Gefahr
Des Garns mit Noth entgangen war,
Liefs fich der ftolze Hänfling nieder.
Mich dauert, fprach er, dein Gefieder.
O, fage, wie es immer kam,
Dafs man dir deine Freyheit nahm?

      Mich,

Mich , fprach fie, lockte jene Flur,
Und ich , zu lüftern von Natur ,
Flog hin ; und tiefer im Getreyde
Hört ich den Ton der Lieb und Freude ,
Ich lief : kaum naht ich mich dem Ton,
So hatte mich das Netz auch fchon.

Das Netz , fprach diefer, nicht zu fchn?
Dir Flattergeift ift recht gefchehn.
Man mufs , will man ein Glück genieffen,
Die Freyheit zu behaupten wiffen.
Und wenn ich noch fo lüftern wär,
Ein Netz, das fängt mich nimmermehr !

Er fliegt und ruft noch : Merk es dir !
Kurz drauf fieht fie den Freund , der ihr
Den weifen Unterricht gegeben,
Auf einer Vogelruthe kleben.
Sprich , rief fie, wie es immer kam ,
Dafs man dir deine Freyheit nahm ?

Die Freundinn, fprach er, gieng mir nah,
Die ich in diefem Bauer fah.
Sie rief, und durch das Glück bewogen
Um fie zu feyn, kam ich geflogen.
Nun weifs ich nicht , durch welche Lift
Mein Fufs hier angefeffelt ift.

Die

Die Ruthe, fprach fie, nicht zu fehn?
Dir Flattergeift ift recht gefchehn.
Man mufs, will man ein Glück genieffen,
Die Freyheit zu behaupten wiffen.
Nun lerne, wenn dichs nicht verdriefst,
Wie nah der Fall dem Sichern ift.

✹✹✹✹✹✹✹✹✹✹✹✹✹✹✹✹✹✹✹✹✹✹✹✹✹✹

Der Hochzeittag.

Vom Vater feiner Braut erhielt Philet das Glück
Mit Sylvien fich endlich zu vermählen,
Und felbft den Tag mit ihr zu wählen.
Welch ein vergnügter Augenblick
Für ein paar fehnfuchtsvolle Seelen!
Sie fehn fich fchmachtend an, und wählen.

Ihr Kinder, fuhr der Vater fort,
Wollt ihr mir altem Maň noch eine Lieb erweifen:
So fahrt, ich bin zu fchwach, fonft würd ich
mit euch reifen,
Aufs Dorf, und lafst euch an dem Ort
Und von des Priefters Hand, der mir mein
Glück im Leben,
Mein felig Ehweib gab, ganz ftill zufammen
geben.
Philet reift auf des Vaters Wort
Mit feiner Braut an den beftimmten Ort.

Seit

Seit geftern war er nun mit Sylvien verbunden,
Und kam itzt gleich aus einem Blumenftück
Mit ihr und einem Kranz, von ihrer Hand
gewunden,
Entzückt von Lieb und Lenz, in fein Gemach
zurück,
Und jeder Kufs und jeder Blick .
Vermehrte fein und feiner Schönen Glück.
In fcherzender Vertraulichkeit
Und an dem Tifch, auf dem ein paar Piftolen
liegen,
Die er vom Schufs noch geftern felbft befreyt,
Steht er mit ihr allein, und trunken vor
Vergnügen
Ergreift er eins. Nun, fängt er fcherzhaft an,
Nunmehr bereut die kleinen Graufamkeiten.
Wie viel habt Ihr mir deren angethan!
Befinnt Ihr Euch noch auf die Zeiten,
Da ich umfonft vor Eure Fenfter kam,
Da Ihr mich Aermften - - - Sterbt, Madam,
Mit aller Eurer Kunft, die Herzen zu beftricken,
Mit Euern zauberifchen Blicken,
Mit Euerm Haar, fo feftlich fchön es ift.
Schiefs her, fpricht fie mit lächelnden Geberden,
Schiefs her, wenn du fo graufam bift.
Er fchiefst. Ach Gott! und fie fällt todt zur Erden.
Und wer befchreibt wohl feine Pein?
Doch auch im gröfsten Schmerz noch fein,
Ruft er den Diener laut herein, Und

Und fchliefst die Thüre zu. „Wer lud mir
die Piftolen ? „   .
Ich thats, weil mirs zur Reife nöthig fchien.
„Ich habe dirs doch nicht befohlen?„
Nein, Herr! Und gleich erfchofs er ihn.
Dann fchrieb er diefen Brief: Ich, der vor
wenig Stunden
Sich als den Glücklichften dir, Vater, vorgeftellt,
Bin nach dem gröfsten Glück, das je ein
Menfch empfunden,
I'zt der Unfeligfte der Welt.
O dürfteft du doch niemals wiffen,
Wie elend ich und du geworden find - - - !
Getödtet von mir felbft, liegt fie vor meinen
Füffen,
Mein göttlich Weib, dein liebftes Kind.
Mein Diener, deffen Schuld mich um ihr
Leben brachte,
Liegt fchon durch gleichen Schufs gefällt;
Ich aber, der ich mich mit Abfcheu nur
betrachte,
Was follt ich länger auf der Welt?
Nein, deiner Tochter Tod foll gleich der meine
rächen.
Wenns möglich ift, o fo verfluch nicht ihren Mann!
Ich bete noch für dich, wenn mir die Augen
brechen,
Der ich für mich nicht beten kann - - -
Man traf ihn neben ihr durchs Schwerdt getödtet
an.   Die

Die Elfter und der Sperling.

Ein Sperling liefs fichs auf den Stöcken
Des Weinbergs recht vortrefflich fchmecken,
Und fchluckte ftill die beften Beeren ein.
Die Elfter fahs mit fcheelem Blicke,
Und wollte von des Sperlings Glücke
Nicht blofs ein ferner Zeuge feyn.
Sie hüpfte zu den vollen Trauben.
„Wie? darf ich meinen Augen glauben?
„O welcher Vorrath! Ja gewifs,
„So reif, Herr Sperling, und fo füfs,
„Denn fie verftehn fich auf die Trauben,
„War, was nun auch der Winzer fpricht,
„Der Wein in vielen Jahren nicht.„
Der Winzer hört der Elfter Lobgedicht,
Und zwingt die Gäfte fortzufliegen.
O, fprach der Sperling, welch Vergnügen,
Entziehft du mir, du Schwätzerinn!
Willft du der Frucht in Ruh geniefen,
So mufs es nicht der ganze Weinberg wiffen.
Siehft du denn nicht, wie ftill ich bin?
Drum fchweig und komm, den Berg noch
         einmal durchzuftreifen.
  Sie thuts., und frifst mit ihm ganz ftill.
„Ein einzig Wort, Herr Spaz, ich kann es nicht
        begreifen,
„Warum mirs itzt nicht fchmecken will;
                  „Die

„Die Trauben find ja reiff.   Doch ftill !
„Der Winzer läfst fich wieder hören.
„Drum weifst du , was ich machen will,
„Ich nehme von den blauen Beeren
„Mir eine Traube mit , fie ruhig zu verzehren.
„Komm mit mir unter jenen Baum.
Sie nimmt die Traube mit; und kaum
Erreichte fie den fichern Baum,
So fchrie fie laut : O Sperling, welche Freude!
Wie glücklich find wir alle beide !
In Wahrheit, glücklich bis zum Neide.
So fchrie fie noch, als fchon ein Schwarm
                  von Elftern kam,
Und das gepriesne Glück ihr nahm.

* * *

Du, der fein Glück der ganzen Welt entdeckt,
O Schwätzer , lern ein Gut genieffen ,
Das , weil es wenig Neider wiffen ,
Uns fichrer bleibt , und füffer fchmeckt)

Der Geheimnifsvolle.

Mit fehr geheimnifsvollen Minen
Tritt Strephon in Crifpinens Haus,
Studirt beym Eintritt bald Crifpinen,
Und bald die Seinen feitwärts aus.

Man

Man bringt den Stuhl; doch nur mit Beugen
Verbittet er die Höflichkeit.
Er fteht und fchweigt, und fagt durch Schweigen
Die wichtigfte Begebenheit.

„Mein Herr, hat fich was zugetragen?
„O reden Sie! wir find allein.
„Was giebts?„ Umfonft find alle Fragen.
Er wiederholt fein myftifch Nein.

O lern doch, unvorfichtge Jugend,
Die laut von allen Sachen fchreyt,
Vom Strephon die berühmte Tugend,
Die Tugend der Behutfamkeit!

Nachdem er den Crifpin befchworen,
Das zu verfchweigen, was er fagt:
So zifchelt er ihm in die Ohren:
Der König fuhr itzt auf die Jagd.

Die Lerche.

Die Lerche, die zu Damons Freuden,
Frey im Gemach, ihr Lied oft fang,
Und ungewohnt, den Wiederhall zu leiden,
Der aus dem nahen Zimmer drang,
Mit defto ftärkrer Stimme fang,
Safs itzt dem Spiegel gegenüber,

Und fang, und fah ihr eignes Bild,
Und flofs, mit Eiferfucht erfüllt,
Von fchmetternden Gefängen über;
Und bildete zu ihrer Pein,
An ihrem eignen Wiederfchein
Sich einen Nebenbuhler ein.

Noch oft erhöhte fie die Stimme:
Allein umfonft war Kunft und Müh,
Stets fang der Wiederhall, wie fie.
Sie fchofs darauf mit ehrfuchtsvollem Grimme
Auf ihren Nebenbuhler zu,
Den ihr der Spiegel vorgelogen,
Und ftarb, fich felbft zu fehr gewogen,
Faft fo, Ruhmfüchtiger, wie du,
Durch Eitelkeit und durch ein Nichts betrogen.

✦✦✦✦✦✦✦✦✦✦✦✦✦✦✦✦✦✦✦✦✦

Die beiden Wandrer.

Zween Wandrer überfiel die Nacht,
O Velten, nimm dich ja in Acht,
Sprach Kunz, von Schrecken eingenommen,
Damit wir nicht vom Wege kommen.
Dort läfst fich fchon ein Irrlicht fehn.
Nur dafs wir uns nicht felber blenden,
Und uns nach diefem Lichte wenden;
Sonft ift es um den Weg gefchehn.

Schon

Schon gut ! rief Velten, eile nur.
Doch Bruder, wenn ich die Natur,
Und was ein Irrlicht fagen wollte,
Nur einmal recht verftehen follte !
Studirte nennen es die Dunft,
Die aus den Sümpfen aufgeftiegen.
Ich weifs nicht, ob die Leute lügen:
Denn oft ift Lügen ihre Kunft.

Sprich, Velten, ob du thöricht bift,
Du weift nicht, was ein Irrlicht ift?
O dürft ichs nur bey Nachtzeit wagen !
Ich wollte dirs wohl anders fagen.
Ifts wahr, dafs du kein Irrlicht kennft,
Und bift fchon nab an dreyfsig Jahre?
Ein Irrlicht, dafs mich Gott bewahre,
Ein Irrlicht, das ift ein Gefpenft.

Den Drachen haft du doch gefehn,
Der, wie zu Stephens Zeit gefchehn,
Bey Kleindorf im Vorüberziehen
Getreyd und Kälber ausgefpien ?
Das, was der Drach im Grofsen heifst,
Nenn ich das Irrlicht gern im Kleinen;
Denn da fie nur bey Nacht erfcheinen,
So find fie wohl kein guter Geift.

Nein

Nein, Kunz, nein, fag ich! Nimmermehr!
Ein Irrwifch ift kein wütend Heer.
Ich, ohne, Kunz, dich dumm zu nennen,
Mufs die Gefpenfter beffer kennen.
Ein Rübezahl, ein folches Thier,
Als zu Gehofen ehedeffen
Die Küh im Edelhof befeffen,
Diefs find Gefpenfter, glaube mir.

Ein Irrwifch mufs was anders feyn.
K. Wie, Velten, nennft du diefen Schein?
V. Ich nenn ihn Irrwifch. K. Ifts erhöret?
Wer hat dich wieder das gelehret?
Ein Irrlicht heifsts, kein Irrwifch nicht;
So fpricht man ja mein Lebetage.
V. So fpricht man? Nein, hör, Kunz, ich fage,
Dafs alle Welt ein Irrwifch fpricht.

K. Schweig, Velten, das klingt lügenhaft.
Ich hab es auf der Wanderfchaft,
Und, Bruder, ohne viel zu fchwören,
Von Meiftern Irrlicht nennen hören.

So ftritten fie noch lange Zeit
Itzt um die Sach, itzt um den Namen,
Bis fie zuletzt vom Wege kamen;
Und fchimpfend fchloffen fie den Streit.

So

* * *

So ftreiten unftudirte Velten
Um Sachen, die fie nicht verftehn,
Und endigen den Streit mit Schelten.
Die Thoren follten erft zu den gelehrten Velten
Und Kunzen in die Schule gehn!
Die ftreiten dialectifch fchön,
Und ohne Wortkrieg, ohne Schelten,
Um Dinge, die fie ganz verftehn,
Und fehlen ihres Weges felten,
Weil fie den Weg der Schulen gehn;
Denn da läfst fich kein Irrlicht fehn.

Das Glück und die Liebe.

Einft wollten Lieb und Glück fich fichtbar
überführen,
Wer ftärker fey, des Menfchen Herz zu rühren;
Und Semnon, wie die Sag erzählt,
Ein Mann, der oft das Glück um feine Gunft
gequält,
Ein Mann in feinen beften Jahren,
Ward, um an ihm es zu erfahren,
Vom Glück und von der Lieb erwählt.

Das

Das Glück bot alles auf, was je der
Menfch gefchäzt.
Was feine Sinnen rührt, was je fein Herz ergözt,
Wodurch der Stolz fich hebt und zur Bewun-
drung eilet,
Ward von der Hand des Glücks dem Semnon
itzt ertheilet.
Er fah fich reich, und Marmor fchlofs ihn ein.
Sein Zimmer fchien der Freuden Thron zu feyn;
Und täglich wuchs die Pracht der fchon ge-
fchmückten Wände
Noch durch der Künftler kluge Hände;
Und täglich wuchs im Speifefaal
Der Schüffeln und der Diener Zahl,
Mit ihnen der Bewundrer Menge,
Und der Clienten Lobgefänge.
Bald fiel ein reiches Erb an ihn,
An das er nicht gedacht; kaum war ihm diefs
verliehn :
So zog das Glück durch feine Künfte
Schon in den reichften Lotterien
Für feinen Freund die Hauptgewinnfte.
So ward ein neuer Schatz ihm täglich kund
gemacht,
Bald was fein Kux, bald was fein Schiff
gebracht;
Und fo viel Gunft aus feines Glückes Händen
Blieb alle Pracht zu wenig zu verfchwenden.

Er

Er fchlief, beraufcht vor Freuden, ein,
Stund auf, den Freuden fich zu weihn.
Sein Wink war der Verehrer Wille,
Und jeder Tag ein Feft des Glückes und der Fülle.
    Wer zweifelt, fprach das Glück, dafs mir
        der Ruhm gebührt?
Ift Semnon nicht unendlich fehr gerührt?
    Vielleicht, verfetzt darauf die Liebe,
Rühr ich fein Herz durch ftärckre Triebe;
Er foll Serinen fehn. Ihr unfchuldsvoller Blick
Befiegt vielleicht dich, mächtigs Glück!
Er fah nunmehr die göttliche Serine.
Ihn rührt der Reiz der edlen Mine;
Doch mehr, als ihr beredt Geficht,
Das Herz, das aus Serinen fpricht.
Schon fcheint der Glanz von feinen Schätzen,
Schon fein Pallaft, fchon Freund und Wein,
Schon die Mufik ihn minder zu ergötzen.
„Wie glücklich, wär ihr Herz erft mein,
„Wie glücklich würd ich dann nicht feyn!
„O Liebe, lehre mich, diefs Herz mir zu verdienen,
„Und fprich: wodurch befieg ich einft Serinen?
Sey, fpricht fie, kein Verfchwender mehr,
Gieb Schmeichlern weiter kein Gehör.
Schon ift er kein Verfchwender mehr,
Schon giebt er Schmeichlern kein Gehör.
Such deine Luft in ftillern Freuden;
Sey gütig, liebreich und befcheiden,
Und liebe nicht dein Glück zu fehr.

       B 4   Schon

Schon fuchte Semnon ftillre Freuden;
Schon ward er liebreich und befcheiden;
Serine floh ihn fchon nicht mehr,
Serine gab ihm fchon Gehör,
Und ward die Seele feiner Freuden.
 Die Liebe, fprach das Glück, fcheint Semnon
    vorzuziehn ?
Allein mehr als zu bald foll er Serinen
    fliehn.
So viel ich ihm gefchenkt , fo viel fey ihm
    entriffen !
Wird ihm die Liebe wohl der Armuth Quaal
    verfüffen ?
Das Glück verliefs ihn drauf , und Semnons
    Gut verfchwand;
Kein Bergwerk half ihm mehr, kein Schiff kam
    mehr ans Land;
Sein Reichthum ward der Lift und der Gewalt
    zur Beute,
Und nichts blieb ihm von dem , was fonft
    fein Herz erfreute,
Nichts, als fein treues Weib ; im widrigften
    Gefchick
Sein Beyftand und auf ftets fein Glück.
Durch Fleifs entriffen fie fich der Gefahr zu
    darben ,
Und froh genoffen fie , was fie durch Fleifs
    erwarben.

           Um-

Umfonft verfprach das Glück, ihn doppelt
zu erfreun,
Wenn er der Lieb entfagen wollte.
Nein, rief er, wenn ich auch ein Cröfus
werden follte:
Gieng ich doch nie dein Anerbieten ein.
Die Liebe läfst mich weifer feyn,
Als dafs ich dich mir wieder wünfchen wollte,
Serine, komm! Mein Herz bleibt dein.
Viel beffer ohne Glück, als ohne Liebe, feyn.
„Ja, Semnon, ja, mein Herz ift dein.
„Viel beffer ohne Glück, als ohne Liebe, feyn.„

❖❖❖❖❖❖❖❖❖❖❖❖❖❖ ❖❖❖❖❖❖❖❖❖❖❖❖

Der Affe.

Kaum hatte noch des Schneiders Hand
Ein buntes comifches Gewaud
Dem muntern Affen umgehangen:
So gab fein Rock ihm das Verlangen,
Sich in dem Spiegel zu befehn.
In Wahrheit, fprach er, ich bin fchön.
So viel ich mir gefchmeichelt habe,
So kann dem jungen Herrn der Rock nicht
beffer ftehn.
Komm, rief er, kleiner Edelknabe!
Wir müffen uns zugleich im Spiegel fehn.

B 5.   Er

Er kam. Der Aff erfchrack, verzerrte das Geficht,
Stiefs an den Hut, und rückte die Perücke;
Und doch glich er dem Junker nicht:
Der Spiegel warf, was er empfieng, zurücke,
Eiu närrifch haarichtes Geficht
In einer ftruppichten Perücke.
Der Junker lacht. Pfuy, hub der Aff erbittert an,
Pfuy, Spiegel, wie du lügft! Was hab ich
dir gethan ?
Der Spiegel läuft darauf von feinem Hauchen an,
Und zeigt itzt keinen Affen weiter.
Das dacht ich , rief er fehr erfreut,
Die Schuld liegt nicht an meiner Häfslichkeit;
Nein, junger Herr, der Spiegel war nicht heiter.

Schon eilte Juncker Friz mit der Begebenheit,
Sie dem Magifter zu erzählen ;
Und diefem konnt es gar nicht fehlen,
Mit einer nützlichen Moral,
Er war gelehrt, fie zu befeelen.
Nun , fprach er , fetzen fie einmal
Die Wahrheit an des Spiegels Stelle.
Sie zeigt der Thoren Häfslichkeit ;
Der Thor, der fich vor ihrem Lichte fcheut,
Verhüllt fich drauf in Dunkelheit,
Und fchmeichelt fich , fie fey nicht helle.

Die

Die Wittwe.

Ein Mährgen.

Dorindens junger Ehegatte,
Den fie fo lieb, wie fich, und wohl noch
      lieber hatte - -
Noch lieber? wirft der Spötter ein
Und lachet höhnifch; doch er lache!
Durch eine Spötterey hört eine wahre Sache
Drum noch nicht auf gewifs zu feyn.

Genug, der Tod entrifs Dorinden
Sehr früh den treuften, beften Mann;
Und ich kann keine Worte finden,
So leicht man im Affect fie fonft auch
      finden kann,
Um alles das recht lebhaft auszudrücken,
Was fie, die junge Frau, gefühlt,
Die ihn vor wenig Augenblicken
Gefund, itzt aber todt in ihren Armen hielt,
Und ihn aus ihrem Arm auch todt nicht
      laffen wollte.
Der Priefter kam, der fie befänftgen follte;
Die ganze Freundfchaft kam; doch nichts
      bewegte fie.
Je mehr man tröftete, je mehr Dorinde fchrie.

Man

Man mufste mit Gewalt fie tvon dem Todten
bringen.

Ein unaufhörlich Händeringen
War alles, was fie that; und ein entfetzlich Ach!
War alles, was fie troftlos fprach.
Diefs trieb fie länger noch als vier und
zwanzig Stunden.

Indeffen hatte fich der Nachbar eingefunden,
Ein Mann, gefchickt in Holz zu haun.
Er fah Dorindens Schmerz, und theils auf
ihr Begehren,

Theils als ein Freund den Seligen zu ehren,
Und feinem Untergang im Tode vorzubaun,
Entfchlofs er fich, in Holz ihn auszuhaun.
Es glückt des Künftlers weifen Händen,
Das Werk in kurzem zu vollenden;
Und Stephan ftund in Lebensgröffe da.
Ein Meifterftück pflegt bald bekannt zu werden;
Das Volk lief zu und fchrie, fo balds den
Stephan fah:

Ach Himmel, ach! das ift er. Ja!
Seht nur die lächelnden Geberden,
Seht nur den aufgeworfnen Mund!
Nein, ähnlichers kann nicht gefunden werden;
So fah ich ihn noch jüngft, als er Gevatter ftund.
Man brachte den gefchnitzten Gatten,
Der noch allein der Wittwe Troft verlieh,
Ins zweyte Stock, wo er und fie
Ein ganzes Jahr vergnügt gefchlafen hatten.

Hier

Hier fchlofs fie fich mit ihm in ihre Kammer ein;
Und fuchte Ruh in Schmerz und Pein,
Und hielts für ihre Pflicht, mit ganzen Strömen
                    Zähren,
Um feiner ewig werth zu feyn,
Ihn noch im Tode zu verehren.
Wer kann wohl mehr von einer Frau begehren?
So fafs Dorinde viele Wochen,
Und hatte, wie mein Währmann fagt,
Kein lebendes Gefchöpf feit diefer Zeit
                    gefprochen,
Als ihren Hund und ihre Magd.
Und heute wars nach fo viel bangen Wochen
Das erftemal, dafs fie aus ihrem Fenfter fah.
Und in dem Augenblick war auch ein Fremder da.
Schnell kam die Magd mit fchlauen Minen:
„Madam, es fragt ein Herr nach Ihnen,
„Ein fchöner Herr, faft wie der felge Mann;
„Er hat etwas bey Ihnen auszurichten,
„Das er mir nicht vertrauen kann.„
Du kannft, fprach fie, nur was erdichten,
Ich gehe nicht von meinem lieben Mann.
Und kurz, du darfft ihn nur berichten,
Ich wäre krank vor vielem Gram;
Denn ach! kein Wunder wärs - -
         „Diefs geht nicht an, Madam,
„Er hat Sie fchon, indem er angekommen,
„An Ihrem Fenfter wahrgenommen.

          „Sie

„Sie müffen mit herunter kommen;
„Der fremde Herr ruht eher nicht.
„Er hat was wichtigs anzubringen.
„Ich dächte doch , Madam , Sie giengen.

  Die junge Wittwe fteht beftürzt,
Umarmt mit einem fchnellen Feuer
Das Bild, mit dem fie fich zeither die Zeit verkürzt,
Und nimmt den Fremden an. Wer wird er feyn?
   Ein Freyer?
Viellcicht giebt uns die Magd Bericht.
Sie horcht fchon an der Thür ; allein fie
   kann nichts hören,
Als den betrübten Ton, mit dem Dorinde fpricht.
Der Nachmittag verftreicht. Der Fremde geht
   noch nicht.
Sollt er denn gar ihr Gaft zu feyn begehren?

  Dorinde kömmt, und zwar allein.
Sie wird fich wohl einmal am Bilde letzen wollen.
Magd, fängt fie an, fprich, was wir machen follen?
Der Herr will mit Gewalt mein Gaft den Abend feyn.
Du mufst gefchwind die Kanne Schmerlen fieden.
„Ja , ja , Madam , ich bins zufrieden.„
Dorinde geht zurück. Die Magd durchfucht
   das Haus,
Zum Sieden hartes Holz zu finden.
Sie findet keins, und ruft Dorinden
In aller Angft gefchwind heraus.

    „Madam,

„Madam , ach laffen Sie fichs klagen ,
„Es ift kein hartes Fifchholz da.
„Soll ich das Bild herunter tragen,
„Es ift hart Holz , und es zerfchlagen?„
Das Bild? Nein, nein - - doch - - thus nur. Ja.
Was brauchft du mich denn erft zu fragen?
„Allein das Bild ift fchwer , ich kanns allein
nicht tragen.
„Zum Fenfter gieng es wohl heraus.
Nun gut, fo darfft du ja das Holz nicht erft
zerfchlagen.
Der Herr zieht künftig in mein Haus,
Da darf ich fo nicht länger klagen.
Das Fenfter öffnet fich; und Stephan fliegt
heraus.

****

Der junge Krebs und die Seemufchel.

Der Mufchel , die am feichten Strande
Ihr Haus bald von einander bog,
Bald wieder feft zufammen zog,
Sàh einft, mit Neid und Unverftande,
Ein junger Krebs aus feiner Höhle zu.
O Mufchel , wie beglückt bift du !
O dafs wir Krebfe nur fo elend wohnen müffen!
Bald ftöfst der Nachbar mich aus meiner
Wohnung aus,
Und

Und bald der Sturm.   Du haft dein eigen
steinern Haus,
Kannft, wenn du willft, es öffnen und
verfchlieffen.
Vergönne mir nur einen Augenblick,
Ich weifs, du gönnft mir diefes Glück,
In deinem Schloffe Platz zu nehmen.
Ich, fprach fie, follte mich zwar fchämen,
In mein nicht aufgeputztes Haus,
Denn in der That fiehts itzt nicht reinlich aus,
Vornehme Herren einzunehmen.
Doch dienet es zu Ihrer Ruh,
Auf kurze Zeit zu mir fich zu verfügen:
So dien ich Ihnen mit Vergnügen;
Wir haben Platz.   Er kömmt.   Sie fchliefst
ihr Schlofs veft zu.
Mach auf, fchreyt er, denn ich erfticke.
Bald, fpricht fie, will ich dich befreyn;
Sich erft der Mifsgunft Thorheit ein,
Und lerne hier, mit deinem Glücke,
Wenn dirs gefällt, zufrieden feyn.

Das Kind mit der Scheere.

Kind, hub die Mutter an, eins mufst du mir
verfprechen:
Die Meffer und die Gabeln ftechen;
Drum rühre keins von beiden an.

,,Allein

„Allein die Scheere, follt ich glauben,
„Die könnten Sie mir wohl erlauben?
Nichts weniger; was dich verletzen kann,
Sieh niemals als dein Spielwerk an.

Das Kind gehorcht; doch ein geheimer Trieb
Und das Verbot verfchönerten die Scheere.
Ja, fpricht es zu fich felbft, wenn es die Gabel wäre,
Die hab ich lange nicht fo lieb,
So liefs ich fie mit Freuden liegen.
Allein die Scheer ift mein Vergnügen,
Sie hat ein gar zu fchönes Band.
Gefetzt, ich ritzte mich ein wenig in die Hand:
So hätte diefs nicht viel zu fagen.
So klein ich bin, fo hab ich ja Verftand,
Und alfo werd ichs immer wagen,
So bald die Mutter nur die Augen weggewandt.
Doch nein, weil Kinder folgen müffen,
So wär es ja nicht recht gethan.
Nein, nein, ich fehe dich blofs an;
O fchöne Scheere, lafs dich küffen!
Ich rühre ja kein Meffer an;
So werd ich doch - - - Schon griff es nach
                der Scheere:
Ja, wenn ich unvorfichtig wäre,
Da freylich fchnitte mich die Scheere!
Allein ich bin ja fchon mit ihr bekannt.
So fprachs, und fchnitt fich in die Hand.
Die Mutter kam. O welche harte Lehre!
                                    Ach,

Ach, hub das Kind fufsfällig an,
Es kränkt mich fehr, dafs ichs gethan.
Ich bitte Sie, zerbrechen Sie die Scheere,
Damit ich fie nicht mehr begehre,
Und ohne Zwang gehorchen kann.
  Oft find wir Menfchen diefes Kind.
Verfehn mit billigen Gefetzen,
Die göttlich und uns heilfam find,
Scheut fich das Herz, fie alle zu verletzen.
Wir unterlaffen, wie das Kind,
Die Dinge, die wir wenig fchätzen,
Um die zu thun, die uns am liebften find.
Die Reue kömmt. Wir fehn, wie fehr wir fehlen;
Dann denken wir, dann beten wir als Kind.
Was heifst in vieler taufend Seelen:
Bewahre mich, o Gott, vor diefer Miffethat!
Was heifst es? Wehre mir das Wählen,
Damit mein Herz den Zwang nicht nöthig hat.

Die Affen und die Bären.

Die Affen baten einft die Bären,
Sie möchten gnädigft fich bemühn,
Und ihnen doch die Kunft erklären,
In der die Nation der Bären
Die ganze Welt des Walds zu übertreffen fchien;
Die Kunft, in der fie noch fo unerfahren wären,
Die Jungen grofs und ftark zu ziehn.
                                  Viel-

Vielleicht , hub von den Affenmüttern
Die weiſeſte bedächtig an,
Vielleicht , ich ſag es voller Zittern,
Wächſt unſre Jugend bloſs darum ſo ſiech heran,
Weil wir ſie gar zu wenig füttern.
Vielleicht iſt auch der Mangel der Geduld,
Sie ſanft zu wiegen und zu tragen;
Vielleicht auch unſre Milch an ihren Fiebern
     ſchuld.
Vielleicht ſchwächt auch das Obſt den Magen.
Vielleicht iſt ſelbſt die Luft, die unſre Kinder
    trifft,
Wer kann ſie vor der Luft bewahren ?
Ein Gift in ihren erſten Jahren;
Und dann auf Lebenszeit ein Gift.
Vielleicht iſt , ohne dafs wirs denken,
Auch die Bewegung ihre Peſt.
Sie können ſich durch Springen und durch
    Schwenken
Oft etwas in der Bruſt verrenken,
Wie ſichs ſehr leicht begreifen läſst;
Denn unſre Nerven ſind nicht veſt.
Hier fängt ſie zärtlich an zu weinen,
Nimmt eins von ihren lieben Kleinen,
Das ſie ſo lang und herzlich an ſich drückt,
Bis ihr geliebtes Kind erſtickt.

 Du, ſprach die Bärinn, kannſt noch fragen,
Warum ihr ſo beſtraft mir kranken Kindern ſeyd?
       Nichts

Nichts liegt an Luft und Milch, und nicht an Obft
und Magen.
Ihr tödtet fie durch eure Weichlichkeit,
Durch eure Liebe vor der Zeit.
Gebt Acht auf unfre jungen Haufen ;
Wir nehmen fie, fo bald fie laufen,
Mit uns , in Hitz und Froft , durch Fluren
und durch Wald,
So werden fie gefund und alt.

* * *

Was macht viel Kinder fiech ? Vielleicht
Natur und Zeit ?
Nein , mehr der Æltern Weichlichkeit.
O Reicher, foll dein Kind gefund in Städten
blühen :
So zieh es in der Stadt , wie es die Dörfer
ziehen !

Der Leichtfinn.

Der Leichtfinn , wie die Fabel fagt,
Die Fabel aus den goldnen Jahren,
Ward von den Menfchen einft verjagt,
Weil alle feiner müde waren.
Er floh zum Zevs , und bat um Aufenthalt.
Kaum fah Mercur die luftige Geftalt:

So

So fühlt er fchon die Pflicht, dem Flüchtling
      beyzufpringen.
„So will dich alle Welt verdringen?
„Du dauerft mich.   Komm, hüpf auf meine
      Schwingen!
„Ich hoffe dich gut anzubringen.
„Komm, Paphos fey dein Aufenthalt!
Schnell bracht er ihn zur Venus kleinem Knaben.
Hier, Gott Cupido, fieng er an,
Schickt Ihnen Zevs den angenehmften Mann,
Der fchärfer, als Sie fehen kann;
Sie follen ihn zu Ihrem Führer haben.
Der Leichtfinn trat fein Amt mit Eifer an,
Das Amt, der Liebe vorzutraben,
Und foll, wie die gedachte Fabel fpricht,
Von diefer Zeit an, feine Pflicht
Sehr felten unterlaffen haben.

Der reiche Geizhals.

Ein reicher Greis, vom Tode nicht mehr fern,
Und ungefchickt, mehr Schätze zu erwerben,
Ward krank, und wollte doch nicht fterben;
Denn welcher Geizhals ftirbt wohl gern?
Er wollte nach dem Doctor fchicken;
Zum Glücke fiel ihm noch der harte Thaler ein,
Den er genöthigt wär, ihm in die Hand zu drücken,
Und alfo liefs ers lieber feyn.
               Doch

Doch mit dem Tod iſts gleichwohl nicht zu
ſcherzen.
Der Alte fühlte neue Schmerzen,
Und rief den Prieſter in ſein Haus,
Und bat ſich zu verſchiednen malen,
Denn dafür durft er nichts bezahlen,
Troſt auf dem Krankenlager aus.
Der Prieſter wollt ihn itzt verlaſſen.
Ach bet Er, ſprach der Greis, Gott wirds
zu Herzen faſſen,
Und komm ich von dem Lager auf,
So geb ich ihm die Hand darauf,
Ich will mich dankbar finden laſſen.

Ich weiſs nicht, bat er für den Alten,
Und wenn er bat, bat er mit Recht?
Genug, das menſchliche Geſchlecht
Sollt einen Geitzhals mehr behalten;
Es beſſerte ſich mit dem Alten.

Der Prieſter wird geruft. Ich weiſs wohl,
ſprach der Greis,
Was ich Ihm einſt geredt, wenn Ers gleich
nicht mehr weiſs.
Hier ſeh er ſelbſt, was ich und meine Frau
erſparten;
Ich zeig ihm nur die ſeltnen Arten.
Steht Ihm das groſſe Goldſtück an?
Da ſind ſie noch von gröſſerm Werthe;

Doch

Doch weil fie Gott mir wunderbar befcherte,
So hab ich ein Gelübd gethan,
Nicht eins von allen auszugeben,
Und follt ich hundert Jahre leben.
    Will Er nunmehr die Silbermünzen fehn?
Ja, lieber Herr, auch die find fchön.
Hier hab ich, glaub Er mirs, mehr harte Thaler
               liegen,
Als ich und Er zufammen wiegen;
Allein fie mögen immer liegen;
Sie follen alle für mein Haus.
Doch lafs Er uns noch weiter gehen.
Hier fieht Er die Zweydrittel ftehen,
Da les Er eins für feine Kinder aus,
Und bitt Er Gott um Seegen für mein Haus.

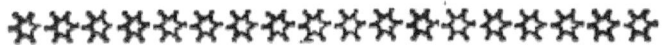

Das Teftament.

Sohn, fieng der Vater an, indem er fterben wollte,
Wie ruhig fchlief ich itzt nicht ein,
Wenn ich nach meinem Tod dich glücklich
             wiffen follte!
Du bift es werth, und wirft es feyn.
Hier haft du meinen letzten Willen.
So bald du mich ins Grab gebracht,
So brich ihn auf, und fuch ihn zu erfüllen:
So ift dein Glück gewifs gemacht.
Verfprich mir diefs, fo will ich freudig fterben.
           - - - **Der**

Der Vater ſtarb ; und kurz darauf
So brach der Sohn das Teſtament ſchon auf,
Und las : Mein Sohn, du wirſt von mir ſehr
wenig erben,
Als etwan ein gut Buch und meinen Lebenslauf,
Mein Wunſch war meine Pflicht. Bey tauſend
Hinderniſſen
Beßiſs ich ſtets mich auf ein gut Gewiſſen.
Verſtrich ein Tag , ſo fieng ich zu mir an :
Der Tag iſt hin ; haſt du was Nützliches gethan;
Und biſt du weiſer , als am Morgen ?
Dieſs , lieber Sohn, dieſs waren meine Sorgen.
So fand ich denn von Zeit zu Zeit,
Zu meinem täglichen Geſchäfte
Mehr Eifer , und zugleich mehr Kräfte,
Und in der Pflicht ſtets mehr Zufriedenheit.
So lernt ich , mich mit wenigem begnügen,
Und ſteckte meinem Wunſch ein Ziel.
Haſt du genug, dacht ich, ſo haſt du viel ;
Und haſt du nicht genug, ſo wirds die Vorſicht fügē:
Was folgt dir , wenn du heute ſtirbſt ?
Die Würden , die dir Menſchen gaben?
Der Reichthum ? Nein ! Das Glück der Welt
genützt zu haben ;
Drum ſey vergnügt, wenn du dir dieſs erwirbſt.
So dacht ich , liebſter Sohn , ſo ſucht ich auch
zu leben.
Und dieſesGlück kaſiſt du, mitGott dir ſelber geben.
Vergiſs es nicht : Das wahre Glück allein
Iſt ein rechtſchaffner Mann zu ſeyn. . Cri-

Crispin und Crispine.

Daſs oft die Weiber bis ins Grab
Sich mit den Männern ſchlecht vertragen,
Sind leider ſchon ſehr alte Klagen,
Die man uns oft zu leſen gab.
Doch daſs die Männer bis ins Grab
So manche gute Gattinn plagen,
Sind dieſs nicht auch gerechte Klagen?
Doch welcher Sänger ſingt ſie ab?
Daſs oft die Frau zum Zeitvertreibe
Dem Manne zänkiſch widerſpricht,
Darüber klagt manch Spottgedicht.
Doch daſs der Mann mit ſeinem Weibe
Oft als mit einer Sclavinn ſpricht;
Wie ſelten ſtraft dieſs ein Gedicht!
Daſs Weiber nicht zu folgen wiſſen,
Darüber ſeufzt und klagt der Mann.
Doch ſollte man daraus nicht ſchlieſſen,
Daſs Männer nicht zu herrſchen wiſſen,
Weil ihre Frau ſo ſchwer gehorchen kann?
Daſs Weiber gern dem Staate ſich ergeben,
Und leben, um geputzt zu leben,
Darüber ſorgt der Mann ſich grau.
Doch daſs die Männer ſich dem Kaltſinn
gern ergeben,
Nur ſich, nicht ihren Weibern leben,
Wie ſehr beſeufzt dieſs manche Frau!
Daſs bey dem Reiz der äuſſerlichen Gaben

Die Weiber oft der Seele Reiz nicht haben,
Diefs ift vielleicht nicht felten wahr.
Doch dafs die Männer oft nur Geld und
            Schönheit ehren,
Der Frau, Verftand zu haben, wehren,
Sie durch ihr Beyfpiel Thorheit lehren,
Und über Thorheit fich befchweren,
Klingt in der That fehr wunderbar,
Und dennoch ifts nicht felten wahr.
    Drum Männer, left ihr, wie Crifpine
So herzlich den Crifpin gehafst:
So legts nicht gleich mit einer Männermine
Der armen Frau allein zur Laft.
Und feyd ihr felbft unglückliche Crifpine,
So denkt, wenn euch Crifpine hafst,
Ob ichs vielleicht wohl gar verdiene?
Und beffert euch. Vielleicht thuts auch Crifpine.

        *   *
          *

    Crifpine ftarb, und binnen wenig Tagen
Starb auch Crifpin, ihr Mann, fchon nach,
Und zwar vor lauter Schmerz und Ach,
Wenn wir das Leichencarmen fragen.
Doch viele wollten lieber fagen,
Der Zorn hätt ihn dahin gerafft;
Allein der Zorn ift nicht der Männer Leidenfchaft.
    Genug er ftarb, und ward, weil ers fo habe wollte,
Dafs fein Gebein bey der verwefen follte,
Die ihn gewartet und gepflegt,
Zu feiner Frau ins Grab gelegt.

                                So

So lag denn Mann und Weib in einer Gruft
vereinet ,
Und niemand hätte das vermeynet,
Was nach der Zeit mehr, als zu oft, geſchehn.
Die Frau lieſs ſich bey ihrem Grabe
Des Nachts im Sterbekleide ſehn.
Der Küſter und des Küſters Knabe,
Keins wollte mehr zum Morgenlauten gehn ;
Denn allemal lieſs ſich Criſpine ſehn,
Und wies ganz ängſtlich nach dem Grabe.

Der Küſter wagts den neunten Tag,
Und ruft die ſämtlichen Criſpinen,
Macht dreymal erſt das Kreuz, und ſagt, wer
ihm erſchienen,
Und forſcht und überlegt mit ihnen,
Was doch die Ruh der Seelgen ſtören mag.
,,Hat ſie vielleicht im Tode was befohlen ? ,,
Nichts, fieng die Freundſchaft an , nichts als
den Leichenſtein.
Das, ruft der Küſter, wird es ſeyn.

Man läſst geſchwind den ſchönſten Grabſtein
holen ;
Der Steinmetz haut zwey Herzen in den Stein,
Und dieſe Schrift vom Küſter ein :
,,Hier ruht ein zärtlich Paar, voll gleicher
Lieb und Treue,
,,Der Tod , der ſie getrennt , vereinte beid
aufs neue. ,,

Nun wird die Frau doch ruhig feyn ?
Nichts weniger. War fie zuvor erfchienen,
Erfchien fie nur noch mehr, und noch mit
             bängern Minen ,
Und lief dem guten Küfter nach ,
Und öffnete den Mund, als ob fie fprechen wollte ;
Allein ein unvernehmlich Ach ,
Diefs war es alles , was fie fprach.
Wer wufste nun , was das bedeuten follte ?
    Man öffnete dasGrab. Es war kein Sarg verfehrt,
Und wie man fie gelegt, fo lagen fie noch heute;
Zur Rechten er, und fie zur linken Seite.
Nein , fchrie der Küfter , umgekehrt,
Ihr , Todtengräber , feyd nicht werth - - -
    Der Sarg ward umgefetzt; allein dieFolge lehrte,
Dafs nicht der Rang des Weibes Ruhe ftörte.
Mich deucht, diefs ift der Schönen Fehler nicht.
Und ift ers ja , wie mancher Spötter fpricht:
So ift ers doch im Grabe nicht.
    Crifpine liefs nicht nach, demKüfter zu erfcheiné.
Sie weinte fo , wie Schatten weinen,
Wies immer auf ihrGrab, und machte mit derHand
Ein Zeichen, das zuletzt der Küfter doch verftand.
Er lies noch diefe Nacht den Todtengräber komen.
Der Mann ward aus der Gruft genommen,
Und weit davon befonders eingefcharrt.
Und noch in beider Gegenwart
Verfchwand die Frau mit heitern Minen,
Und ift feitdem nicht mehr erfohienen.

                        Der

Der Jüngling und der Greis.

Wie fang ichs an, um mich empor zu
    fchwingen?
Fragt einft ein Jüngling einen Greis.
Der Mittel, fieng er an, um es recht hoch
    zu bringen,
Sind zwey bis drey, fo viel ich weifs.
Seyd tapfer! Mancher ift geftiegen,
Weil er entfchloffen in Gefahr,
Ein Feind von Ruh und von Vergnügen,
Und durftig nach der Ehre war.
Seyd weife, Sohn. Den Niedrigften auf Erden
Ifts oft durch Witz und durch Verftand
    geglückt,
Am Hofe grofs, grofs in der Stadt zu
    werden;
Zu beiden macht man fich durch Zeit und Fleifs
    gefchickt.
Diefs find die Mittel groffer Seelen.
,,Doch fie find fchwer. Ich wills Ihm nicht
    verheelen,
,,Ich habe leichtere gehofft.
Gut, fprach der Greis, wollt ihr ein leichtres
    wählen:
So feyd ein Narr; auch Narren fteigen oft.

Die

Die Freundfchaft.

Sey ohne Freund; wie viel verliert dein Leben!
Wer wird dir Troft und Muth im Unglük geben,
Und dich vertraut im Glück erfreun?
Wer wird mit dir dein Glück und Unglück
     theilen,
Dir, wenn du rufft, mit Rath entgegen eilen,
Und wenn du fehlft, dein Warner feyn?
  Sprich nicht : Wo find der Freundfchaft
     feltne Früchte?
Wer hält den Bund, den ich mit ihm errichte?
Wer fühlt den Trieb, den ich empfand?
O klage nicht, es giebt noch Seelen.
Doch fehn wir auch, wenn wir uns Freunde
     wählen,
Genug auf Tugend und Verftand?
  Aus Eitelkeit für jenen fich erklären,
Weil er vielleicht begehrt, wie wir begehren,
Und weil fein Umgang uns gefällt;
Das Herz ihm weihn, noch eh wir feines kennen,
Aus Eigennutz ihm unfre Zeit vergönnen;
Diefs ift nicht Freundfchaft, diefs ift Welt.
  Um einen Freund von edler Art zu finden,
Mufst du zuerft das Edle felbft empfinden,
Das dich der Liebe würdig macht.
Häft du Verdienft, ein Herz voll wahrer Güte :
So forge nichts; ein ähnliches Gemüthe
Läfst deinen Werth nicht aus der Acht.

        Du

Du mufst für dich und die empfangnen Gaben
Erft Sorgfalt gnug, gnug Ehrerbietung haben,
Und deinem Herzen nichts verzeihn.
Du mufst dich oft, ohn Eigennutz zu dienen,
Du mufst dich ftets, gerecht zu feyn, erkühnen,
Und dafs es andre find, dich freun.
  Ein Herz, das nie fich felbft mit Ernft
     bekämpfet,
Nie Stolz und Neid und Eigenfinn gedämpfet:
Liebt diefes Herz wohl dauerhaft?
Wie bald wirds nicht durch kleine Fäll ermüden!
Es fühlet fich, und ftört der Freundfchaft Frieden
Durch ungezähmte Leidenfchaft.
  Haft du das Herz, mit dem du dich verbunden,
Dem deinen gleich, der Liebe werth gefunden:
So thue, was die Weisheit fpricht.
Sie heifst in ihm dich jede Tugend ehren,
Wie fehr du liebft, durch Thaten ihn belehren,
Und macht fein Glück zu deiner Pflicht.
  Sie legt dir auf, fein Gutes nachzuahmen.
Du ahmft es nach, und du belebft den Saamen
Der Eintracht und der Zärtlichkeit.
Du forgft mit Luft für deines Freundes Ruhe,
Er, ob er gnug, dich zu verdienen, thue;
Und eure Treu wächft durch die Zeit.
  Dein Freund, ein Menfch, wird feine Fehler
     haben;
Du duldeft fie bey feinen gröffern Gaben,
    C 4   Und

Und milderſt ſie mit ſanfter Hand.
Sein gutes Herz bedient ſich gleicher Rechte,
Begeiſtert deins, wenns minder rühmlich dächte,
Und ſein Verſtand wird dein Verſtand.
 Wenn, ungewiſs bey meiner Pflicht, ich wanke,
Wie ſtärkt mich oft der ſeelige Gedanke:
Was thät Ariſt bey dieſer Pflicht?   .
Verfahre ſo, als wär er ſelbſt zugegen.
So giebt ein Blick auf ihn mir ein Vermögen;
Und der erſt wankte, wankt itzt nicht.
 , Ein gleicher Zweck, des Geiſtes höchſte Freude,
Der Weisheit Glück, vereint und führt uns beide;
Denn ich und er, ſind beid ihr Freund.
Ein gleiches Gut, das höchſte Gut der Erden,
Der Tugend Glück, läſst uns zufriedner werden;
Denn nur für ſie ſind wir vereint.
 Ich eile froh, ſein Glück ihm zu verſüſſen!
Doch daſs ichs that, ſoll er nicht immer wiſſen;
Mein Herz belohnt mich ſchon dafür.
Und wenn ich ihm vor ſeinen Augen diene,
Entzieh ich doch dem Dienſt des Dienſtes Mine,
Als nützt ich minder ihm, denn mir.
 · Theilt er mit mir die Laſt der gröſſern Sorgen;
So bleibt von mir die kleinſt ihm nicht verborgen,
Und ſchwindet in Vertraulichkeit.
Kaum klag ichs ihm, was mich im Stillen drücket;
So hat ſein Blick oft ſchon mein Herz erquicket,
Eh mich ſein Mund mit Troſt erfreut.

Ent-

Entfernt von ihm wird mir ein Glück zu Theile;
Und wenn im Geift ichs ihm zu fagen eile,
Wird mir diefs Glück gedoppelt fufs.
Entfernt von ihm drohn mir des Unglücks Pfeile,
Und wenn im Geift ichs ihm zu klagen eile,
So fühl ich minder Kümmernifs.
    Wenn wir vertraut, mit aufgewecktem Herzen,
Nach reifem Ernft, die Stund uns froh verfcherzen:
So bildet der Gefchmack den Scherz.
Den Witz, den Geift, die uns itzt fcherzen lehren,
Befeelt die Lieb; und dafs wir uns verehren,
Vergifst auch nie das muntre Herz.
    Sollt je ein Zwift der Freundfchaft Ruhe
                        kränken,
Sollt übereilt ich ihr zum Nachtheil denken,
Und meinem Freund ein Anftofs feyn:
So eil ich fchon, den Fehler zu geftehen.
Was klein von mir, ihn hitzig zu begehen:
So ift es grofs, ihn zu bereun.
    Menfch, lerne doch dein Leben dir verfüffen,
Und lafs dein Herz von Freundfchaft überfliefsen,
Der füffen Quelle für den Geift!
Sie quillt nicht blofs für diefe kurze Zeiten;
Sie wird ein Bach, der fich in Ewigkeiten
Erquickend durch die Seel ergeufst.
    Dort werd ich erft die reinfte Freundfchaft
                        fchätzen,
Und bey dem Glück fie ewig fortzufetzen,
            C 5   Ihr

Ihr heilig Recht verklärt verſtehn.
Dort werd ich erſt ihr ganzes Heil erfahren,
Mich ewig freun, daſs wir ſo glücklich waren,
Fromm mit einander umzugehn.

****

Der Ruhm.

Was iſt das Gut, nach dem du ſtrebſt,
Der Ruhm, für den du denkſt und lebſt?
Wags, du ſein Freund, ihn zu betrachten!
Gewährt er, was er dir verſpricht,
So bleib ihm treu. Gewährt ers nicht,
So lern ihn dreiſt verachten.

Welch Glück, wenn mich ein Groſſer ſchätzt,
Der Fürſt an ſeine Seite ſetzt,
Und laut mir ſeinen Beyfall ſchenket!
Alsdann wird mein Verdienſt bekannt;
Dann denkt von mir das ganze Land
Groſs, wie mein Ehrgeiz denket.

Wer iſt der Groſſe, der dich ehrt?
Sprich, kennt er der Verdienſte Werth?
Setz ihn im Geiſt aus ſeinem Stande!
Vielleicht wird dir ſein Beyfall klein;
Vielleicht hältſt dus, ihm werth zu ſeyn,
Nunmehr für eine Schande.

Wenn

Wenn itzt des Dichters Lobgedicht,
Der Redner göttlich von dir fpricht,
Und laut dich die Gefchichte preifen;
Wenn, auf ihr Wort, die halbe Welt
Dich für den gröfsten Weifen hält:
Wirft du darum zum Weifen?

Wächft deiner Tugend etwas zu;
Gewinnet deines Geiftes Ruh,
Wenn viele deinen Namen hören?
Bift du beglückt, in dir beglückt,
Wenn Thor und Thörinn auf dich blickt,
Und Länder dich verehren?

Suchft du den Ruhm nicht in der Pflicht,
Giebt dir dein Herz den Beyfall nicht;
Was wird dir Andrer Beyfall nützen?
Und haft du deinen Ruhm in dir;
Was forgft du kummervoll dafür,
Den äuffern zu befitzen?

Wenn jener deinen Namen lieft,
Gleichgültig nennt, und dann vergifst:
Ift diefs ein fchätzbar Glück zu nennen?
Ift diefs die Welt, die von dir hört;
Wenn gegen einen, der dich ehrt,
Dich taufend noch nicht kennen?

Ift diefs des Nachruhms Ewigkeit,
Wenn ein Scribent der Trockenheit
Sich künftig an dein Leben waget;
Und wenn dem Wandrer einft noch fpät
Der Stein, vor dem er müfsig fteht,
Dafs du zu früh ftarbft, faget?

Und ift das Glück fo ungemein,
Von einer Welt gerühmt zu feyn,
Die oft den wahren Ruhm verkennet;
Das Lafter rühmet, wenn es gleifst,
Die Wildheit Muth, den Unfinn Geift,
Und Ehrfucht Gröffe nennet?

Du ftrebft mit Eiferfucht und Angft;
Damit du ihren Ruhm erlangft.
Wohlan, du follft ihn fchnell erftreben!
Doch welch unfichres Eigenthum!
Vielleicht reut bald die Welt der Ruhm,
Den fie dir fchnell gegeben.

Die Zahl der Klugen ift nicht grofs.
Verlangft du ihren Beyfall blofs;
So fuch ihn ftill in ihrer Sphäre.
Der Kluge fieht auf dein Verdienft;
Und bift du das nicht, was du fchienft,
So bift du fonder Ehre.

Erwirb

Erwirb die Tugend und Verftand,
Nicht, um fie, von der Welt genannt,
Mit eitlem Stolze zu befitzen.
Erwirb fie dir mit edler Müh,
Und halte diefs fur Ruhm, durch fie
Der Welt und dir zu nützen.

Nicht deines Namens leerer Schall,
Nicht deiner Tugend Wiederhall,
Mufs dich zu groffen Thaten ftärken.
Die Zeit, die Kräfte, groffer Geift!
Die du fo laut dem Ruhme weihft,
Die weihe ftill den Werken.

Erfüllft du, was die Weisheit fpricht,
Und gleicht dein Eifer deiner Pflicht;
So wird der Ruhm ihm folgen müffen.
Und wenn dein Werth ihn nicht erhält;
So giebt dir ihn, Trotz aller Welt,
Doch ewig dein Gewiffen.

C 7 Das

✳✳✳✳✳✳✳✳✳✳✳✳✳✳✳✳✳✳✳

Das Band.

Ein Schäferfpiel.

Aus den Beluftigungen des V. und W, vom Jahr
1744.

Vorbericht
zum Bande.

Da das Band einmal in der *Frankfurtifchen
Sammlung* fteht, und ich ficher weiß, daß
es noch feine Liebhaber hat: fo will ich ihm hier einen Platz vergönnen, ob ichs gleich mit einem
heimlichen Widerwillen thue. Allein da ich nichts
darinnen geändert habe: fo muß ich auch nothwendig einige Anmerkungen dazu machen, damit diefes Gedicht dem guten Gefchmack in den Schäfergedichten nicht nachtheilig werde. Wäre das Land-
leben überhaupt das Schäferleben der Poefie: fo
würde das Band ein recht gutes Gedicht feyn, dieß
kann ich ohne Eitelkeit fagen, und in feiner
Art den Werth haben, den in der Malerey ein ge-
treues Portrait hat. Ich würde mir unter der
Daphne, der Mutter der Galathee, eine gute
Landwirthinn, eine fleißige Pachterinn; unter ih-

rer

rer Tochter ein gutes ehrliches Bauermädchen, in
den Geschicklichkeiten der Wirthschaft wohl erzo-
gen, vorstellen. Ihr *Montan* würde ohngeachtet
des Schulzen oder Verwalters Sohn seyn, dessen
Herz der Schulmeister noch so ziemlich gebildet,
und in den sich *Galathee* ganz natürlich hätte ver-
lieben können. In dieser Aussicht würden diese drey
Personen, und auch die beiden andern ihrem Charakter sehr ähnlich vorgestellt seyn; und ich wüßte
nicht, wie sie anders hätten reden und handeln sol-
len. In dieser Aussicht würde das Stück ferner ver-
schiedene lebhafte Beschreibungen der Landwirth-
schaft, und hin und wieder drollichte Einfälle haben. Will man es also ein theatralisches Landge-
dicht nennen, so habe ich nicht viel dawider zu
erinnern. Alsdann werde ich der *Galathee* recht gut
seyn, daß sie solche hübsche Bänder wirken kann,
die mancher Bordenwirker nicht besser machen soll;
daß sie so haushältig ist, und ihr klares Garn, das
an der Sonne liegt, begießt. Alsdann wird mirs
recht wohl gefallen, daß Mutter *Daphne* mit ihrer
Tochter von *Poley* redt, der für das Kopfweh
hilft, ihr vorwirft, daß sie gestern auf die Hitze getrunken, ihr befiehlt, daß sie auf den A-
bend einnehmen, von ihren Kräutern einnehmen
soll; daß *Daphne* ihre Tochter examiniret, was
sie mit dem Strauße machen will, den sie in der
Hand hat, und ihre *Galathee* schlau fragt, warum

sie

ſie bey dem Namen *Montan* roth wird; daß *Daph-*
ne von ihrem Sohne *Damöt* rühmt, daß er ihr einen ſo ſchönen *Rechen* geſchnitzt, an dem oben
Zinken ſtehn, und unten *Zinken* ſind; daß er
ihr einen *Stab*, geſchnitzt auf beiden Seiten, gebracht, deſſen eine *Seite* ihn, und die andere ſeine
Chloris vorſtellen ſoll; daß ſie ihrer lieben Tochter
zwar die *Zärtlichkeit*, aber nicht das *Lieben* erlauben will; daß *Myrtill* von ſeinem *Staare* redt,
den er die Namen *Hylax* und *Chloris* ſprechen gelehrt; daß er dem *Montan* die *Amſel* wegnimmt;
daß *Galathee* in der Hitze oft mit ſehr ſchnippi-
ſchen Sprichwörtern, und alle Perſonen oft in ſehr
kurzweiligen Reden, daß ſie ſagen, wie ſie einander einen *Streich* geſpielt, einander zuweilen
zum Beſten haben; daß *Galathee* zu ihrem *Mon-*
tan ſpricht: nun dieſs gefällt mir noch, du haſt
Recht überley; nein dieſsmal bin ich taub; ich
bin beſtändig ſo, wenn ich nicht anders bin;
gar auf mein Herz zu pochen? bey *Phillis?*
bey der *Stolzen?* So, jene ſpitzt ſie zu, und
die verſchieſst die *Bolzen?* daß *Myrtill* zur
Galathee ſagt: du biſt auch gar zu arg; ich
dachte, was dir wäre; daſs er ſpricht: ich
geh, und will den *Hahn* zur *Sie* in *Bauer* ſte-
cken; die *Jungen* bring ich dir, ſo bald die
Alten hecken; daß die guten *Kinder* am Ende auf
den *Streit* auch luſtig ſeyn, eine friſche *Milch*
zuſam-

zuſammen eſſen, und im Kühlen um Pfänder
ſpielen, und inſonderheit das Spiel: *Was macht
die Liebe?* ſpielen wollen; alles dieſes, und noch
hundert ſolche Züge mehr, würden mir an dieſem
nicht ungeſitteten Landvolke gefallen. *Allein wenn
das Schäfergedicht keine bloße Nachahmung des
Landlebens, oder doch nur die feinſte Nachahmung
iſt; wenn es mehr ein erdichtetes Schönes zu ſeinem Gegenſtande hat; wenn es das Mittel zwiſchen
dem Land- und Stadtleben hält; wenn es ſich von
der Plumpheit und dem Eckelhaften des Bauernſtan-
des eben ſo wohl, als von dem Zwange, und der
Liſt des Stadtlebens entfernen, das Land mit allen
ſeinen Annehmlichkeiten, und abgeſondert von allen ſeinen Beſchwerlichkeiten, vorſtellen muß;
wenn die Schäfer Geſchöpfe ſind, die ſich uns
nicht allein durch die Einfalt der Sitten, ſondern durch eine liebenswürdige Einfalt derſelben,
nicht allein durch Offenherzigkeit, ſondern durch
eine unſchuldige einnehmende Offenherzigkeit em-
pfehlen müſſen; wenn ihre Liebe mit einem gewiſſen natürlichen Witze verbunden, ihr Vergnügen
auf dem Lande mehr ein Geſchenke der Natur, als
eine Frucht mühſamer Arbeiten ſeyn muß; wenn
ihre Sprache zwar leicht und ungekünſtelt, aber doch
die Sprache der feinern Empfindungen ſeyn muß;
wenn ihre Beredſamkeit nicht darinne beſteht, daß
ſie von ihrem Schäferſtabe, von ihrer Taſche,*

von

von ihrem *Phylax*, von Heerden, *Milch* und *Obft*
reden; wenn gewiffe Züge und Befchreibungen des
Landlebens nur der Wahrfcheinlichkeit und des
Vergnügens wegen, das uns die Vorftellung der
Natur zu geben pflegt, in diefe Gedichte einge-
flochten werden, und gleichfam nur die Einfaffung
des Gemäldes abgeben; wenn diefes, fage ich, die
Anforderungen des Schäfergedichtes find: fo wird
man fehr viel bey dem *Bande* zu erinnern finden.
Ich will die Handlung des Stücks einen Augenblick
beleuchten. *Galathee* fieht ein Band, das fie felbft
gewirket, das fie zum Zeichen ihrer Liebe ihrem
Montan gefchenket, um den Hals der *Phyllis*. Sie
wird erbittert, hält den *Montan* für untreu,
fucht fich zu rächen, und erdrückt aus Rache bey
Gelegenheit die *Amfel*, die *Montan* von ihr bekommen hat, und die vortrefflich fingen kann.
Der *Knoten*: Wird *Galathee* recht gefehen haben,
oder nicht? War es auch ihr Band? Die *Auflö-*
fung: Sie hat fich geirret, und fie bittet dem *Mon-*
tan ihre Hitze und Eiferfucht ab. Hat die Handlung genug Anziehendes? Ich zweifle fehr daran.
Was in dem Stücke gefällt, find mehr eingefchal-
tete Nebenumftände, als die Sache felbft. Der
zweyte und achte Auftritt können beynahe ohne den
geringften Verluft der Handlung weggenommen
werden. Sie geht alfo nicht durch das Stück fort.
Daphne, die *Mutter*, ift überhaupt eine müßige

Perfon,

Perfon, und nicht das Bedürfniß des Stückes, fondern des Poeten, der, um die Charaktere zu vervielfältigen, hier eine Mutter auftreten ließ. Sie kömmt und gebt, gleich einem frommen Ge- fpenfte, ohne daß man weiß, warum. Die Auf- löfung bat wenig unerwartetes. Galathee kömmt in dem letzten Auftritte, nachdem fie vermutblich bey der Phyllis fich genauer wegen des Bandes er- kundiget, und geftebt dem Montan, daß fie fich geirret. Diefes wußten die Zufchauer lange. Montan batte es ja in der Mitte des Stückes fchon ebrlich genug betheuret, daß er ibr Band nicht weggefchenkt bätte. Vielleicht wäre die Auflö- fung beffer geworden, wenn Phyllis das Band wirklich gebabt, es aber durch eine Lift, oder durch ein anderes Mittel, ohne daß es Montan wiffen können, bekommen bätte, und felbft eine von den fpielenden Perfonen gewefen wäre. Ga- lathee drückt aus Rache gegen den Montan einer armen Amfel auf dem Theater den Kopf ein. Ein febr blutdürftiges Unternebmen für eine Schäfe- rinn! Wo bleibt die fchäferifche Unfchuld der Sit- ten? Ift das nicht das jäbzornige verliebte Bauer- mädchen, die ihrem Montan, wenn er nicht fo demütbig geredt bätte, zur Notb gar in die Haa- re gefallen wäre? Aber es ift ja natürlich. Freylich ift diefes Natur, aber Natur des Dorfes, nicht des Schäferftandes. Von der Sprache babe ich

fchon

fchon geredt. Sie eſt, wie der Chārakter, nur
gar zu natürlich. Will man aber dieſes Gedicht
nicht gegen die Regeln der Kunſt, ſondern nur
gegen gewiſſe andre Schäferſpiele halten: ſo gebe
ich gerne zu, daß es ſeinen Platz mit Recht unter den Schäfergedichten behauptet, und, ohne
ihm zu ſchmeicheln, gewiß nicht den niedrigſten.
Nachdem ich dieſes Geſtändniß gethan, glaube ich
nicht, daß der gute Geſchmack durch das Band
leiden wird. Es wird vielmehr jungen Dichtern
zum Beyſpiele dienen können, wie die Schäferſpiele nicht ſeyn, und warum ſie anders ſeyn ſollen.
Ich verweiſe ſie ins beſondere auf die Anmerkungen, die Herr Saint - Mard in ſeinen Reflexions
fur la Poeſie über das Schäfergedichte gemacht,
auf die Stellen, die er daſelbſt aus dem Fontenelle
anführt, und auf die ſchöne Abhandlung von dem
eigentlichen Gegenſtande des Schäfergedichts, welche in dem Anhange zu des Batteux Einſchrän-
kung der ſchönen Künſte auf einen einzi-
gen Grundſatz, zu finden
iſt.

Per-

Perſonen.

Galathee.
Daphne. *Der Galatbee Mutter.*
Montan. *Der Liebbaber der Gulatbee.*
Doris.
Myrtill.

Erſter Auftritt.
Galathee. Doris.

Doris.

Was machſt du, Galathee? Du ſcheinſt mir
nicht vergnügt.

Galathee.

Ich weiſs es ſelber nicht, was mir im Sinne liegt,
Ich bin nicht aufgeräumt.

Doris.

Du wirſt doch etwas wiſſen,
Was dir - - -

Galathee.

Ich wollt vorhin mein klares Garn begieſſen,
Das an der Sonne liegt, und nahm mich nicht in
Acht,
Und ſtieſs mich an das Holz, an dem ichs ange-
macht.

Da

Da ſieh nur meine Hand.

Doris.

So geht es, wenn wir eilen.

Doch , dieſs bedeutet nichts; der Schaden iſt zu
heilen.

Allein, wo iſt Montan?

Galathee.

Und was mir weiter fehlt:

So hat die Mutter ſchon einmal auf mich geſchmält.

Doris.

Die meine thut es auch, und oft bey Kleinigkeiten.
Allein wo iſt Montan?

Galathee.

Sie läſst ſich kaum bedeuten.

Ich bringe Kräuter heim, und ſetz ſie offen hin,
Da kömt mein Lamm dazu, dem ich ſo günſtig bin,
Und friſst ſie glücklich auf. Nun muſs ich andre
leſen.

Doris.

Wer weiſs, wie hungrig auch das arme Lamm
geweſen !

Doch gute Galathee, du willſt mich nicht verſtehn ;

Wo iſt denn dein Montan?

Galathee.

Ach, Doris, laſs mich gehn !

Ich

Ich weifs nicht, wo er ift ; wer will die Schäfer
huten ?
Er geht, wohin er will; ich kanns ihm nicht
verbieten.

Doris.

Verftell dich nicht fo fehr ; du zürnft, ich feh
dirs an.

Galathee.

Erwähn ihn weiter nicht.

Doris.

Was hat er denn gethan ?

Galathee.

Mehr als ich je gedacht! Mir alfo mitzufpielen?
Mir, feinerGalathee ? Er foll es fchon noch fühlen.
Bedenk es nur einmal : Ich fchenk ihm jüngft
ein Band,
Und knüpf es ihm dazu noch felber um die Hand;
Und geftern feh ich gar - - Es ift um mich ge-
fchehen !
Ich habe diefes Band um Phyllis Hals gefehen.

Doris.

In Wahrbeit, Galathee ? Diefs ift ein fchlimmer
Streich.
Allein, du irrft dich wohl; eins fieht dem an-
dern gleich.

Galathee.

Ich kenn es gar zu gut.   Ich trug es um die
Stirne.

Der

Der Eintrag war von Garn, der Boden war von
                Zwirne,

Zween Faden liefen grün, zween roth, die an-
                dern blau,

So fcheckicht, wie ein Specht; ich kenn es ganz
                genau.

Es war zween Finger breit, und zackicht an den
                Seiten.

Es war mein fchönftes-Band.   Willft du noch
                lange ftreiten?

Ich hab es felbft gemacht; drey Wochen find es
                kaum.

Mein Name fteht darauf, und auch der Tannen-
                baum,

Bey dem mir einft Montan den erften Kufs ge-
                nommen.

Doch, Kind, verftecke dich; ich feh die Mutter
                kommen.

Zweyter Auftritt.

Galathee.   Daphne.

Daphne.

Nun, meine Galathee, die Sonne meynt es gut.
Galathee.
Sie brennt faft gar zu fehr; man weifs kaum, was
                man thut.

Daphne.

Daphne.

Itzt fchadt die Wärme nichts; fie hebt vielmehr
die Saaten,

Und wenn die Wittrung bleibt, wird alles wohl
gerathen.

Ich fahe meine Luft itzt mitten in dem Gehn;

Der Lein fteht fchon fo gut, er kann nicht beffer
ftehn,

Und alles grünt und blüht: Doch wenn mirs
nicht fo fcheinet,

So fehlt dir doch etwas. Mich deucht, du haft
geweinet.

Galathee.

Geweinet? Nein, diefs nicht.

Daphne.

Was foll dir diefer Klee?

Galathee.

Ich bind ihn um denKopf; er thut mir gar zu weh.

Daphne.

Wie albern bift du doch! Gewifs, du folltft dich
fchämen;

Klee hilft dir nimmermehr; nein, Poley mufst
du nehmen.

Doch geftern, weifst du wohl, wer auf die Hitze
trank?

Diefs ift die Frucht davon.

Galathee.

Ach nein, ich bin nicht krank.

Ich weifs, wovon es kömmt; es kömmt vom Veil-
　　　　　chen pflücken.
Wie vielmal mufs man fich um eine Hand voll
　　　　　bücken!
　　　　　　Daphne.
Wem foll denn diefer Straus?
　　　　　　Galathee.
　　　　　　　　Hier ift er.
　　　　　　Daphne.
　　　　　　　　　　Soll er mein?
　　　　　　Galathee.
Ja, darum band ich ihn.
　　　　　　Daphne.
　　　　　　Der Straus ift wirklich fein.
Vielleicht hat ihn Myrtill von dir bekomen follen.
　　　　　　Galathee.
Er? Nein! da hätt ich ihn fchon fchlechter binden
　　　　　　wollen.
Diefs unterbleibet wohl, auch ohne dein Verbot.
　　　　　　Daphne.
Vielleicht hat ihn Montan - - -? Doch warum
　　　　　wirft du roth?
　　　　　　Galathee.
Diefs werd ich gar zu leicht.
　　　　　　Daphne.
　　　　　Leicht, um Montanens willen?
Doch warum wardft dus nicht zugleich auch bey
　　　　　Myrtillen?
　　　　　　　　　　　　Gala-

Galathee.
Ich rede für mein Herz, diefs ift nicht Schuld daran.

Daphne.
Doch hab ichs in Verdacht fo gut, als den Montan.
Ich hab es wohl gemerkt, ihr könnt einander
leiden.

Galathee.
Faft täglich fag ichs ihm, er foll mich gänzlich
meiden.
Stets will er was von mir; ich heifs ihn freundlich gehn,
Und fags ihm auch im Zorn, und dennoch bleibt
er ftehn,
Und redt mich wieder an, und giebt mir wohl
die Lehre,
Es ftünde gar nicht fein, wenn man fo fpröde
wäre.

Daphne.
Was deine Schwefter fagt, klingt anders.

Galathee.
Diefes Kind?
Wer wollte Chloris traun? Man weifs, wie Kin-
der find.

Daphne.
Die Kinder reden wahr, und fagen, was fie
fehen.

Galathee.
Sie rede, was fie will, mir ift zu viel gefchehen.

Gefetzt,

Gefetzt, dafs auch Montan euweilen mit mir
treibt,
Und auf dem Rohre bläft, und mir die Zeit ver-
treibt;
Gefetzt, dafs ich zugleich in feine Flöte finge;
Wird diefs wohl unrecht feyn?

Daphne.

Diefs find erlaubte Dinge.
Allein du fagteft ja, du hiefst ihn öfters gehn.

Galathee.

Ja, diefes thu ich auch; allein er bläft fo fchön.
Ich bitt ihn nicht darum. Dem Echo zu gefallen,
Das in dem Bufche ruft, läfst er fein Rohr erfchal-
len.

Daphne.

Du wirft das Echo feyn. Das Singen wehr ich
nicht;
Nur fürcht ich, dafs Montan mit dir vom Lieben
fpricht.

Galathee.

Er denket nicht daran. Frey, fpricht er, will
ich leben;
Es liebe, wer da will, mir ift es nicht gegeben.

Daphne.

Doch warum fagt er denn, dafs du fo fpröde
wärft?

Galathee.

Itzt fagt er diefs nicht mehr; es war nur in der Erft,

Wenn

Wenn ich ihm dann und wann die Antwort fchul-
dig bliebe.
Es ift gewifs an dem, er denkt an keine Liebe.
Nur Freundfchaft wünfcht' er fich, und diefe gieng
ich ein;
Er kann ja wohl mein Freund, ich feine Freundinn feyn.

Daphne.
Was heute Freundfchaft wâr, kann morgen Liebe
werden.
Indeffen wâr mein Rath, er blieb bey feinen Heer-
den.
Du aber, Galathee, nimm auf den Abend ein.

Galathee.
Ach, eh der Abend kômmt, wirds wohl vergan-
gen feyn.

Daphne.
Und dennoch werd ich dir von meinen Kräutern
geben;
Man forget nie zu fehr für feiner Kinder Leben.
Ich gehe. Komme nach, und nimm dich wohl in
Acht,
Und bring mehr Veilchen mit.

* * *

Drit-

Dritter Auftritt.

Galathee.   Doris.

Doris.

Ich habe recht gelacht!
Die gute Mutter denkt wohl Wunder, was dir
fehlet!

Galathee.

Nicht wahr, du hafts gehört, fie hat nicht fehr ge-
fchmählet?

Doris.

Doch mit der Arzeney?

Galathee.

Da hab ich meine Noth!
Raut und Wachholderfaft hilft bey ihr für den
Tod.

Doris.

Sie weifs noch nicht genug.   Mich follte fie nur
fragen,
Was für dein Kopfweh hilft; ich wollts ihr beffer
fagen.
Montan nur hilft dafür.

Galathee.

Ach! quäle mich doch nicht.
Der falfche Schäfer, der! So ehrlich fein Geficht,

So fchlimm ift doch fein Horz. Er foll mich nicht
mehr fangen;
Wer einmal mich betrügt, hat ftets mich hin-
tergangen.

Doris.

Du thuft ihm wohl zu viel.

Galathee.

Und du vertrittft ihn noch?
Ich foll zufrieden feyn! Nicht wahr? Bedenk es
doch!
Ein Band, ein Band von mir an Phyllis zu ver-
fchenken?
Er liebt fie. Dürft ich nur nicht weiter an ihn
denken!
Mich dauert jeder Kufs.

Doris.

Haft du ihn oft geküfst?

Galathee.

Ach mehr, als taufendmal! Du weifst ja, wie man
ift.
Das erft- und andremal, da hielt er mir die Hände;
Ich drohte, doch zu fchwach. Erräthft du bald das
Ende?
Ich litt es endlich gern, und gab ihm nach der
Zeit,
Wenn er zu blöde fchien, oft felbft Gelegenheit.
Die Birken wiffens noch. Wenn wir zufammen
kamen:

So

So ward gewifs geküfst, bis dafs wir Abfchied
nahmen.

Doris.

Und habt gar nicht geredt, fo fehr vergafst ihr
euch?

Galathee.

Ach ja, wir redten auch, und küfsten uns zugleich.

Doris.

Allein, was fpracht ihr ftets?

Galathee.

Wie kannft du doch fo fragen?
Verliebe dich einmal, fo darf ich dirs nicht fagen.
Vom Lieben redten wir. Er fiel mir um den Hals,
Und fprach: mein liebes Kind! diefs that ich
ebenfalls.

Ich hiefs ihn mein Montan ; er mich, mein Herz,
mein Leben :
So mufste, wie gefagt, ein Wort das andre geben.

Doris.

Ja, ja, diefs ift fchon gut. Doch wurdet ihrs nicht
fatt?

Galathee.

Satt? Ja da höret mans, wer nie geliebet hat.
Wir redten Tage lang, wenn wir beyfammen
trieben,
Und wufsten auf die Nacht kaum, wo der Tag ge-
blieben.
So fchnell verftrich er uns.

Doris.

Doris.

Nun, das begreif ich nicht,
Wie da ein Tag verftreicht, wenn man nicht wei-
ter fpricht,
Als Kind, Montan, mein Herz!

Galathee.

Du bringft mich nicht zum Lachen:
Ach! Doris, hör nur auf, du wirft mich böfe
machen.
Wir redten fonft noch viel, als vom beftän-
dig feyn;
Die Lieb und unfer Herz gab uns die Reden ein.

Doris.

Gut. Heute fpracht ihr diefs; was fpracht ihr
aber morgen?

Galathee.

Was liegt doch dir daran? Dafür lafs andre
forgen.

Doris.

Erzähl mir immer mehr!

Galathee.

Auch war es was gemeins,
Wir zankten uns einmal, und wurden wieder
eins.

Doris.

Gezankt?

Galathee.

Ja! wird nicht auch der Himmel öfters trübe?

D 5 Und

Und wie das Wetter ift, fo wechfelt auch die
Liebe.
Oft fahen wir uns nur zu ganzen Stunden an;
Sein Auge hieng an mir, und meines an Montan.

Doris.

So ift die Liebe denn ein Spielwerk in Gedanken?
Ein Gutfeyn, Reden, Sehn, ein Küffen und ein
Zanken?

Galathee.

Das Tändeln fehlt dir noch.

Doris.

Das Tändeln? Was ift das?
Diefs hab ich nie gehört.

Galathee.

Es ift nun fo etwas.
Man ftreichelt fich die Hand; man kneipt fich in
die Backen,
Man fchüttelt fich am Kinn, und klopft fich in
den Nacken.

Doris.

Diefs habt ihr auch gethan?

Galathee.

Ja, das verfteht fich fchon.
Wie günftig war ich ihm! Nun hab ich meinen
Lohn!

Doris.

Was wird denn nun daraus? Willft du den Schäfer laffen?

Gala-

Galathee.

Die Liebe, ihn, das Band, und Phyllis will ich
haffen.

Sprich, warum käm er nicht, wenn er beftändig
wär?

Seit geftern feh ich ihn mit keinem Auge mehr.

Da kömmt Myrtill. Bleib hier, und ruf ihn zu
der Heerde.

Ich will nach Veilchen gehn, damit ich fertig
werde.

Vierter Auftritt.

Doris.　Myrtill.

Doris.

Was haft du da, Myrtill? Verfteck es nicht
vor mir.

Myrtill.

Nichts, liebe Schäferinn; es ift ein kleines Thier.

Doris.

Ein kleines Thier? Myrtill! Diefs brauchft du
nicht zu fagen:

Denn Wölfe wirft du wohl nicht in den Händen
tragen.

Myrtill.

Hier ift es, fieh es an.

Doris.

Doris.

     Nunmehro will ich nicht.

Myrtill.

Du nimmſt es übel auf, was man im Scherze
ſpricht?

Doris.

Nein, eine Kleinigkeit wird mich nicht gleich
verdrieſſen.

Es ſey auch, was es will; ich brauch es nicht
zu wiſſen.

Gewiſs, es kränkt mich nicht, daſs du mirs
nicht geſagt;

Dieſs aber ärgert mich, daſs ich dich gleich gefragt.

Myrtill.

Nun, ſey nur wieder gut; ich will dirs gerne zeigen.

Doch Doris, noch etwas: Verſprichſt du mir
zu ſchweigen?

Doris.

Ich ſchweige, wenn ich will.

Myrtill.

     Wenn du verſchwiegen biſt;

So ſag ich dir, daſs dieſs Montanens Amſel iſt.

Von ſeiner Galathee hat ſie Montan bekommen.

Sie ſingt vortrefflich ſchön. Ich hab ſie weggenommen.

Doris.

Was haſt du nun davon, daſs du Montanen kränkſt?

                            Myr-

Myrtill.

Ich, meine Schäferinn? Gewifs mehr, als du
denkft.
Genug, Montan verdient, dafs er auch ein-
mal fühlet,
Was er mir ehedem für einen Streich gefpielet.
Denn weifst du, wie er mich den letzten Herbft
geneckt,
Und mir drey Tage lang den fchönen Staar
verfteckt?
Diefs war ein rechter Staar, ich hatt ihn aufge-
zogen - - ;
Und wer ihn einmal fah, der war ihm auch ge-
wogen.
So oft ich Hylax rief, fo oft ich Chloris fprach:
So rief er Hylax mit, und fagte Chloris nach.
Oft flog er auf mein Lamm, und liefs zu halben
Tagen,
Als hielt ichs nur für ihn, fich von dem Lamme
tragen.

Doris.

Ja, ich befinne mich auf diefen klugen Staar,
Der dir nur gar zu lieb, und gar zu theuer war.
Denn, weifst du noch, Myrtill, als ich ihn haben
wollte,
Dafs ich für diefen Staar zehn Küffe geben follte?
Allein der Staar ift todt, und diefs erfreut mich
fehr.

Wie

Wie theuer war er dir? Verkauf ihn doch nunmehr.

Und deine Amſel auch. Im Ernſt, du ſolltſt
dich ſchämen,

Montanens Freund zu ſeyn, und ihm etwas zu
nehmen!

Doch ich beſinne mich auf eine kleine Liſt.

Letzt ſagte Galathee, du hätteſt mich geküſſt;

Sie gab mirs zweymal Schuld. Itzt könnten wir
uns rächen.

Laſs ihr den Vogel ſehn, und ſprich - -

Myrtill.

Was ſoll ich ſprechen?

Doris.

Sprich: Siehſt du, wie Montan an ſeine Freunde
denkt?

Er hat mir heute früh die Amſel gar geſchenkt.

Doch nimm dich auch in Acht, und fang nicht an
zu lachen.

Myrtill.

Verlaſs dich nur auf mich, ich wills ſchon liſtig
machen.

Doris.

Sie hat ihn in Verdacht, und iſt voll Aergerniſs;

Und wenn du ernſthaft ſprichſt: ſo glaubt ſies
ganz gewiſs.

Myrtill.

Schon gut, ich will es thun, vom Kleinſten bis
zum Gröſsten;

Mich

Mich hat das loſe Kind zuweilen auch zum Beſten.
Dort kömmt ſchon Galathee; ſie kömmt. Montan kömmt auch.

Doris.

Geſchwind verſtecke dich hier unter dieſen
Strauch.
Ich will zur Phyllis gehn; ſie ſchläft dort in dem
Garten.

Myrtill.

Allein, Montan kömmt ja.

Doris.

Er wird nicht lange warten.

Fünfter Auftritt.

Galathee. Montan. Myrtill. verſteckt.

Montan.

Du läufſt ſo gar von mir? Was iſt dir, Schäferinn?

Galathee.

Ich bin beſtändig ſo, wenn ich nicht anders bin.

Montan.

Nie hab ich dich, mein Kind, noch ſo erzürnt ge-
ſehen.

Galathee.

Und nie geſchah vielleicht, was geſtern iſt geſchehen.

Mon-

Montan.

Doch meine Galathee, was hab ich dir gethan?

Galathee.

Ich fage, lafs mich gehn, und fieh mich nicht
mehr an.

Montan.

Ich bitte, rede doch.

Galathee.

Du kannft die Worte fparen.

Montan.

Wenn du nicht reden willft: wie foll ichs denn
erfahren?

Galathee.

Nun, diefs gefällt mir doch, du haft Recht überley.

Montan.

Was ift denn mein Vergehn? Gefteh es doch nur
frey.

Galathee.

Es reut ihn nicht einmal, er kann noch gar verlangen,

Dafs ich ihm fagen foll, wie fehr er fich vergan-
gen.

Montan.

Kind, ich erftaune ganz. Heifst diefs, du haft
mich lieb?

Wo bleibt dein letzter Schwur?

Galathee.

Er bleibt, wo deiner blieb.

Mon-

Montan.

Wo bleibt dein treues Herz?

Galathee.

Gar auf mein Herz zu pochen?
Nur ſachte, mein Montan, diefs war zu viel ge-
ſprochen.

Montan.

Ach! meine Galathee, mein Herz, mein liebſtes
Kind!

Galathee.

Man höre nur einmal, was diefs für Reden ſind!
Ich bin ja Phyllis nicht. Du redſt vielleicht im
Schlafe.

Montan.

Wer nichts verbrochen hat, den ſchmerzt dergleichen Strafe.
So hilft kein gutes Wort?

Galathee.

Nein, diefsmal bin ich taub.

Montan

So treffe denn das Gift Vieh, Fluren, Bäum und
Laub,
Wofern ich untreu bin. Pan wird den Schwur
erhören.

Galathee.

Ich hör es ſchon, Montan; du kannſt vortrefflich ſchwören.

Mon-

·Montan.

Hat Phyllis mich gerührt: fo foll mich itzt · ·
Galathee.

Halt ein!

Liebft du die Phyllis nicht: fo will ich untreu feyn.
Montan.

Mit Phyllis quälft du mich? Diefs foll ich auch
vertragen?
Galathee.

Geh, Falfcher, geh nur hin, du kannfts ihr wieder fagen.
Montan.

Ich, meine Galathee, ich falfch? Diefs ift betrübt.

Ich habe dich fo treu, dich wie mein Blut geliebt,

·Und nichts fo fehr gewünfcht, als ftets um dich
zu leben,

Und einft in deinem Arm mein Leben aufzugeben.

Zwey Jahre find vorbey, feit dem kein Tag ver-
gieng,

An dem ich dich nicht fah, nicht fprach, und
nicht umfieng.

Gern liefs ich alles ftehn, vergafs mit Luft der
Heerden,

Und liefs oft Tag aus Nacht, dir zu gefallen,
werden.

·Zwee Stäbe bab ich dir mit eigner Hand gefchnitat,

Und auch ein Trinkgefchirr, auf dem ein Wald-
gott fitzt.

Dem

Dem ich, damit es dir in allem wohlgelinge,
Nun fchon fo manchen Bock gebückt zum Opfer
bringe.
Der Becher quälte mich faft auf ein halbes Jahr;
Oft haft du meine Hand, die wund vom Schnei-
den war,
Mitleidig abgewifcht, bedauert und verbunden.
O Zeit! wo bift du hin? Du bift zu fchnell ver-
fchwunden!
O Kind, ich bitte dich, beyn Göttérn unfrer Flur,
Wer raubt mir deine Gunft? Wer ifts? Gefteh es
nur!
Denn dich mir treu zu fehn, will ich das Gröfs-
te wagen.

Galathee.

O frage nur dein Herz, diefs wirds am beften
fagen.

Montan.

Mein Herz, betrognes Kind, kennt keinen Un-
beftand.

Galathee.

So, fo; wo haft du denn mein roth und blaues
Band,
Das ich dir ehedem - -

Montan.

Es ift um wenig Schritte:
So hol ich dir diefs Band; es liegt in meiner
Hütte,

Gleich

Gleich bey dem Nelkenftraus, den ich von dir
empfieng,
Als ich das erftemal mit dir zum Tanze gieng.
Ich hol es, warte hier; es ift ja bald gefchehen.

Galathee.

Mein Herz glaubt weiter nichts, als was die Augen fehen.

Sechfter Auftritt.

Galathee. Myrtill.

Myrtill.

Da fiehft du, Galathee, wie gut Montan es
meynt:
Sein Liebftes fchenkt er mir; diefs thut fo leicht
kein Freund.

Galathee.

Was hat er dir gefchenkt? Die Wachtel?

Myrtill.

Rathe beffer!

Galathee.

Was denn? Den Hänfling?

Myrtill.

Nein! es ift noch etwas gröffer.
Die Amfel, fiehft du wohl?

Galathee.

Was gabft du ihm dafür?

Myr-

Myrtill.

Nichts, als ein gutes Wort. Genug, er gab fie
mir.

Galathee.

Er hat fie ja von mir! Wie kann er fie verfchen-
ken?

Wie? Thut er diefs vielleicht, um mich dadurch
zu kränken?

Myrtill.

Was fragft du noch fo fchlimm? Weswegen
wird ers thun?

Mir zur Gefälligkeit, mir was zu fchenken.

Galathee.

Nun?

Dir zur Gefälligkeit? Gereicht mir diefs zur Ehre?
Ich habe fchon genug!

Myrtill.

Ich dachte, was dir wäre.

Wer wird den Augenblick gleich voller Argwohn
feyn?

Wenn mir die Amfel wird, fo bleibt Montan doch
dein.

Ich geh, und will den Hahn zur Sie in Bauer
ftecken;

Die Jungen bring ich dir, fobald die Alten
hecken.

Galathee.

Weis her!

Myr-

Myrtill.

Nimm dich in Acht; fie fliegt dir fonft davon.

Galathee.

Ja, ja! fie ifts, Myrtill; fie ifts, ich feh es fchon.
Das Thierchen ift recht fett.

Myrtill.

Du mufst fie nicht fo drücken.
Ganz locker halte fie, fie möchte fonft erfticken.

Galathee.

(Sie giebt ihm die Amfel wieder.)

Die Amfel ift erftickt; und diefs hab ich gewollt.
Ihr Schäfer wifst kaum mehr, wie ihr uns quälen
                                                  follt.
Was denkt ihr dean von uns? Ach lernt euch
                                        doch befinnen.
Denn wenn ihr Schäfer feyd, fo find wir Schäfe-
                                        rinnen.
Nun foll fie dein, Myrtill; vergifs die Jungen
                                        nicht!
Ein Schäfer hält es ftets, was er einmal verfpricht.

Myrtill.

Ach ehrlicher Montan, du bift um viel gekom-
                                        men!
Verftohlen hab ich ihm die Amfel weggenommen.
Wie thöricht war ich doch, dafs ich fie nicht
                                        verbarg!
Wer hätte das geglaubt? Du bift auch gar zu
                                        arg.

Ich

Ich weiſs mir keinen Rath ; zeitlebens wird michs
reuen;

Der Schade iſt zu groſs, er kann mirs nicht ver-
zeihen.

Galathee.

Du nahmſt ſie heimlich weg?

Myrtill.

Ja freylich, heute früh.

Und da mich Doris ſah : ſo - -

Galathee.

Nun, was ſagte ſie ?

Myrtill.

Sie hat mich angeſtellt, dich alſo zu betrügen.

Galathee.

Gut, merke dirs, Myrtill ! Dieſs iſt die Frucht
vom Lügen.

Myrtill.

So gar empfindlich ſeyn, das ſteht doch auch nicht
ſchön !

Wer andre necken kann, muſs wieder Scherz
verſtehn.

Galathee.

Dieſs geb ich alles zu. Wer heiſst dich ſolche
Sachen ?

Es kann nicht anders ſeyn, du muſst mich
böſe machen.

Ich war ſchon aufgebracht ; drum glaubt ichs vom
Montan.

Es

Es reut mich.   Sage mir, wo treff' ich Doris an?

Myrtill.

Sie wird bey Phyllis feyn.

Galathee.

Bey Phyllis? Bey der Stolzen?

So! jene fpitzt fie zu, und die verfchiefst die
Bolzen.

Siebenter Auftritt.

Montan. Myrtill.

Montan.

Glück zu! Myrtill, Glück zu! Wie kömmts,
fo ganz allein?

Wo ift denn Galathee?

Myrtill.

Sie wird bey Phyllis feyn.

Ich foll, bis dafs fie kömmt, bey ihrer Heerde
warten.

Montan.

Ift Phyllis weit von hier?

Myrtill.

Nicht weit, fie ift im Garten.

Montan.

Ach vorhin wünfcht ich dich! Es war ein rechter
Zanck;

Da follt ich mit Gewalt, und wider allen Dank,

Mein

Mein Band, das Galathee, als wir den Maytanz
gaben,
Mir um den Arm geknüpft, so gar verfchenket
haben.
Es war ihr ganzer Ernft.

Myrtill.

Wer hätte das gemeynt?

Montan.

Allein - - -

Myrtill.

Ein Wort, Montan! Ich bitte dich, mein
Freund,
Bey allem, was du liebft - - -

Montan.

Was willft du? Mit Vergnügen,
Wenn ich dir helfen kann, so follft du alles
kriegen,
Nur meine Amfel nicht, um die du letztens - - -

Myrtill.

Nein!
Nein, ich verlange nichts; du follft mir nur verzeihn.

Montan.

Myrtill, fey doch kein Kind; was foll ich dir
vergeben?
Du haft mir nichts gethan.

Myrtill.

Verfprich bey deinem Leben,

Daſs du nicht böſe wirſt! Ich habe was gethan,
Das dir dein Lebenlang kaum ſchlimmer träumen
kann.

Ach deine Galathee - - -

Montan.

Nun werd ichs bald errathen:
Du haſt vielleicht gethan, was ich und ſie nur
thaten?

Geküſst? Drum wird ſie auch davon gelaufen
ſeyn.

War dieſs ein Scherz, Myrtill? Und ſoll ich
ihn verzeihn?

Myrtill.

Nein, dieſs iſts nicht, Montan.

Montan.

So möcht ichs gerne wiſſen,
Was du für Räthſel haſt.

Myrtill.

Ach laſs dichs nicht verdrieſſen!
Ich that es nicht allein; auch Doris iſt mit Schuld,
Und deine Galathee.

Montan.

Bald bricht mir die Geduld.
So ſags doch nur einmal; ich will nicht böſe
werden.

Myrtill.

Ich ſelber würde mich recht ungeſtüm geberden,
Wenn mirs begegnet wär. Bedenke, heute früh
Nehm

Nehm ich die Amfel weg, und Doris fiehet fie.
Drauf fpricht fie, nimm fie mit und fprich zu
Galatheen,
Montan hat mich befchenkt.

Montan.

Mich fo zu hintergehen!

Myrtill.

O! diefs ift nicht genug.

Montan.

Was ift denn noch dabey?

Myrtill.

Lafs fehn, fprich Galathee, obs auch die meine
fey?
Sie nimmt die Amfel weg.

Montan.

Und giebt fie dir nicht wieder?

Myrtill.

Ach nein, fie ftreichelt fie, geht einmal auf und
nieder;
Ich feh mich um, fie fpricht, das Thierchen ift
recht feift:
Darauf - - -

Montan.

Ich merk es fchon, ich weis, der Vogel beifst.

Myrtill.

Ach nein, fie drückt ihn todt.

Montan.

Gern, oder wider Willen?

E 2   Myr-

Myrtill.

Geh, fprach fie; armes Thier, geh; du gehörft
Myrtillen.
Ich gab nicht acht darauf, und möchte faft ver-
gehn.
Ach ehrlicher Montan!

Montan.

Nun, diefs mufs ich geftehn!
Die Nachricht thut mir weh.

Myrtill.

Sie geht mir auch zu Herzen.

Montan.

Diefs heifs ich, gar zu fehr auf meine Koften
fcherzen.

Myrtill.

Ich fah es nicht voraus; fonft wär es nicht gefchehn.

Montan.

Wer Freunde necken will, mufs auf die Sache
fehn.

Myrtill.

Nun fey nur wieder gut. Ich habe Tauben fliegen;
So fchön du fie verlangft, du follft die beften
kriegen.
Ich fchenke dir zwey Paar mit Kronen auf
dem Kopf,
Am Bauche weifs, und blau an Flügeln, Schwanz
und Kropf.

Mon-

Montan.

Behalte, was du haft; die Amfel ift verlohren.
Ich bin zum Aergernifs und zum Verluft gebohren.

Myrtill.

Damit du wirklich fiehft, dafs mich die Sa-
    che kränkt;
So fey der Bienenftock zur Hälfte dir gefchenkt,
Für den mein Vater einft fechs Lämmer aus-
    gefchlagen.
Ja, lebte Damon noch, er könnts nicht anders
    fagen.

Montan.

Ich bin fo geitzig nicht, und fagte gern nichts
    mehr,
Wenn meine Galathee nur wieder freundlich wär.
Sie hat mich in Verdacht, und läfst fich nicht
    bedeuten:
Ich habe ja das Band; was will fie länger
    ftreiten?

Myrtill.

Sie wird es auch nicht thun.   Verlaffe dich auf
    mich;
Sie liebt dich gar zu fehr, und darum zankt fie fich.
Komm nur, wir fuchen fie.

Montan.

      Wir mufsten auch fo zandern:
Sieh! dort kömmt Daphne her; nun wird fie mit
    uns plaudern.

E 3   *Achter*

Achter Auftritt.

Montan. Myrtill. Daphne.

Daphne.

Ihr Kinder, treibt das Vieh doch beſſer in den
Klee.
Doch hier iſt kein Damöt, und keine Galathee;
Wo find fie?

Myrtill.

Gar nicht weit. Wir bleiben bey den
Schaafen.

Daphne.

Damöt macht mirs zu bunt. Der faule Schelm
wird fchlafen.
Ich war vor kurzem da, und traf ihn auch nicht
an.

Myrtill.

Ach nein, er iſt nicht weit, und das weiſs auch
Montan.

Montan.

Er iſt dort an dem Fluſs, und putzt und hackt
die Weyden.

Daphne.

Das gienge fchon noch an; allein ich kanns
nicht leiden,
Daſs er die Heerde läſst, und ſtets was anders thut.

Mon-

Montan.

O fchmähle nicht auf ihn; Damöt ift warlich
gut;
Er übertrifft uns ftets an Fleifs und an Gefchicke.

Daphne.

Ja, red ihm nur das Wort.

Montan.

So oft ich ihn erblicke:
So wird er fleifsig feyn. Bald flicht er Baft und
Stroh;
Bald pflanzt er einen Baum;   bald rückt er
diefen fo,
Damit er Sonne kriegt; bald fchneidet er die
Rehen,
Und bald umpfählt er fie; bald zieht er kleine
Gräben,
Und führt die Quellen ab, dafs nicht das Grafs
erfäuft,
Und greift in allem zu, was in den Feldbau läuft.

Daphne.

Er ift nicht ungefchickt, ich mufs es felber fprechen;
Es geht ihm von der Hand. Letzt braucht' ich einen Rechen:
So gleich läuft mein Damöt, und fchnitzt ihn
ganz gefchwind,
Dafs oben Zinken ftehn, und unten Zinken find.

E 4   Jüngft

Jüngſt bracht er einen Stab geſchnitzt auf beyden
Seiten.
Damöt, ſo fang ich an, wen ſoll denn das be-
deuten?
Stellts deine Schweſter vor? Nein, ſpricht er
lächelnd, nein!
Dieſs hier bin ich, und dieſs ſoll meine Chlo-
ris ſeyn.
Ich macht ihn ziemlich aus, doch war mirs nicht
ums Herze;
Wenn Mütter ſtrenge ſind: ſo ſind ſies oft im
Scherze.
Er ſey ihr immer gut; und wenn er mit ihr
ſpricht:
So iſts ihm unverwehrt. Nur lieben ſoll er nicht.
Montan.
Damöt iſt nicht verliebt.
Daphne.
Dieſs hab ich auch erfahren.
Montan.
Dooh günſtig war er ihr, ſeit ſeinen erſten Jahren.
Myrtill.
Iſt das ein Unterſchied, verliebt und günſtig ſeyn?
Montan.
Ja. Biſt du recht verliebt: ſo bleibſt du nicht
mehr dein.
Dn wünſcheſt, ſinnſt und denkſt, und träumſt bey
hellem Tage,
Biſt

Bift andern eine Laft, und dir die gröfste Plage,
Zur Arbeit träg und faul , bey guten Freunden
ftumm,
Und fiehft dich, wenn du fiehft, nur nach der Lieb-
ften um.
Der erfte finftre Blick fchlägt deinen Muth darnie-
der;
Dann kömmt ein holder Blick , und der belebt
dich wieder.
Du bift Myrtill zugleich , und bift auch nicht
Myrtill.
Kurzum; du lachft und weinft, fo wie die Schöne
will.

Daphne.

Ey, ey, Montan, Montan! Du magft die Liebe
kennen?

Montan.

Ich kenne fie , doch nur vom Hören und vom
Nennen.

Myrtill.

Was ift denn günftig feyn ?

Montan.

O, günftig feyn ift fchlecht ;
Man ift einander gut, und ift es doch nicht recht.
Man fieht einander gern, und wünfcht fich oft zu
fehen:
Doch gehts nicht immer an; fo läfst mans auch
gefchehen.

E 5   Myr-

Myrtill.

Wenn du und Galathee nun bey einander feyd,
Was ifts? Verliebt feyn?

Montan.

Nein. Nur bloffe Zärtlichkeit.

Daphne.

Recht! Diefes kann ich auch von meiner Tochter glauben.
Das zärtlich feyn ift gut; diefs will ich euch erlauben.

Myrtill.

Bey mir ift Zärtlichkeit das, was man Liebe nennt.

Daphne.

Ihr Schäfer, wifst ihr wohl, wie ihr euch helfen
könnt?
Sprecht lieber, günftig feyn, fprecht, Freundfchaft
und dergleichen.
Genug. Ich mufs nun gehn; die Zeit wird mir
verftreichen.

Neunter Auftritt.

Montan.   Myrtill.   Galathee.   Doris.

Montan.

Myrtill, da kommen fie! Ich weifs nicht, wie mir
wird.

Gala-

Galathee.

Ach ehrlicher Montan, ich habe mich geirrt!
Es war ein andres Band. Die beften Augen trügen;
Vergieb mir ein Verfehn.

Montan.

Ich thu es mit Vergnügen.

Galathee.

Mein Fehler, wie du weifst, ift Hitz und Eiferfucht.

Montan.

Den Fehler duld ich gern; er ift der Liebe Frucht.
Ich weis, du thufts nicht mehr, und wirft dich beffer faffen.

Galathee.

Ich hab es oft verfucht, und kann es doch nicht
laffen.

Myrtill.

Ja, für die Eiferfucht hilft nichts in unfrer Flur.
Euch Schäferinnen, euch, euch quält fie von Na-
tur.
Von auffen hafst ihr fie, und liebt fie doch im Her-
zen,
Und würdet ihr fie los, ich glaub, ihr ftürbt vor
Schmerzen.

Doris.

Myrtill, lafs deinen Spott! Denn weifst du - -

Myrtill.

Was denn, Kind?

Doris.

Und was ?

Myrtill.

Halb Eiferfucht, halb Liebe.

Doris.

Ich wollte, dafs dir auch nicht eine günftig bliebe!
Dir, der die Amfel nimmt!

Galathee.

Ach weifst du denn, Montan,
Was ich und was Myrtill - - Du fiehft mich fauer
an?

Montan.

Nein, Kind, ich zürne nicht.   Myrtill hat fcherzen
wollen;
Der Schlaue hätts nicht thun, und dus nicht glau-
ben follen.
Drum traue nicht fo leicht.   Ich weifs, du kenneft
mich;
Ein Herz, das redlich liebt, bleibt unveränderlich.
Du und Myrtill feyd Schuld, du Doris auch nicht
minder;
Doch lafsts gefchehen feyn, ihr bleibt noch gute
Kinder,
Und fiehft du, Galathee, hier ift das böfe Band.

Galathee.

Montan, ich fchäme mich : o thu es aus der Hand!
Ich fprach mit Phyllis itzt; mein Band hat ihr gefallen,

Sie

Sie hat eins nachgemacht, und diefs ift Schuld
an allen.
Drum fey nur wieder gut; ich bin Zeitlebens dein,
Mein Herz und diefer Kufs, die follen Zeugen feyn.

Myrtill.

Wie, lofe Galathee? Einander gar zu küffen?

Galathee.

Es ift ja mein Montan: wie kann dich das ver-
drieffen!

Myrtill.

Doch Kinder, wifst ihr was; treibt fein bey Zeiten ein.
Wir wollen auf den Streit auch heute luftig
feyn;
Wir effen eine Milch; dann wollen wir im Kühlen - -

Montan.

Ja nun, was wollen wir?

Myrtill.

Einmal um Pfänder fpielen.

Montan.

Ich fchliefse mich nicht aus.

Doris.

Mir gilt es einerley.

Galathee.

Wenn mein Montan mit fpielt; fo bin ich auch
dabey.

Myr-

Kannſt du das Spiel ,   Montan ? Man   fragt:
Was macht die Liebe ?

Montan.

Sie zankt ſich ,   weil ſie ſonſt nicht neu und ſüſse
bliebe.

Myrtill.

Was macht ſie, Galathee?

Galathee.

Dieſs weiſs mein Band ſo gar;
Verdacht, wo keiner iſt.

Myrtill.

Und dieſes Band redt wahr !

Beurtheilungen
einiger Fabeln aus den Beluftigungen.

Damit diejenigen Lefer, die meine Fabeln in den Beluftigungen immer uoch für gut halten, prü-fen können, ob ich Recht habe, wenn ich nicht ih-rer Meynung bin: fo will ich drey derfelben, die noch gar nicht die fchlechteften find, wählen, und fie beurtheilen. Ich hoffe, zu gleicher Zeit Anfän-gern in der Poefie einen Dienft zu thun, und fie an meinem Exempel zu lehren, wie fie ihre eignen, oder ihrer Freunde Verfuche beurtheilen, und fich nicht fo fort mit den Gedanken fchmeicheln follen, daß fie für die Welt fchreiben können, weil fie fchreiben können.

Die erfte Fabel, die ich wählen will, um die Fehler, die darinne begangen find, um das Müßi-ge, Undeutliche, Weitläuftige, und Gereimte zu zeigen, foll die Lerche feyn, weil ich diefes Stück, zu der Zeit, da ich es verfertiget, mit einer befondern Autorliebe betrachtet habe.

Die

Die Lerche.

1.

Bey manches Morgens hellem Schimmer
Sang Damons Lerche froh bemüht,
Mit Schmettern durch das ganze Zimmer
Dem lieben Wirth ein Morgenlied.
Und ruhte nicht, bis dafs ihr Klang
Das ganze Haus erfüllt durchdrang.

2.

Einft lehnt ihr Damon zum Vergnügen
Das Thürchen nicht beym Füttern an,
So, dafs fie aus dem Bauer fliegen
Und in der Stube flattern kann.
Sie fliegt, und fang fie vormals fehr,
So fang fie itzt noch dreymal mehr.

3.

Auch Vögeln ift die Freyheit lieber,
Als Kerker, welche Gold umzieht.
Sie fitzt fo, dafs fie gegenüber
In Damons grofsen Spiegel fieht.
Sie fieht fich felbft, und meynt dabey,
Dafs diefes Bild die Schwelter fey.

4.

Sie ftutzt und regt die kleinen Schwingen.
Bald will fie fort, bald bleibt fie hier;
Dann fangt fie fchmetternd an zu fingen.
Drauf öfnet Damon bald die Thür.

Da

Da dringt der Schall im Augenblick
Aus dem gewölbten Saal zurück.

5.

Sie läfst fich zwo Minuten ftören;
Die Ehrfucht martert ihren Geift.
Sie meynt die Schwefter felbft zu hören,
Die ihr der falfche Spiegel weift.
Drauf läfst fie fich mit fich allein
Betrogen in den Wettftreit ein.

6.

Sie fingt aus Ehrfuchtsvollem Grimme;
Sie zieht, fie trillert, mengt und paart
Der hellen Kehle ftarke Stimme
Auf hundert und auf taufend Art.
Umfonft ift ihre ganze Müh;
Stets fingt das Echo fo, wie fie.

7.

Noch läfst fie fich nicht kraftlos finden.
Sie fingt, und will zu ihrer Pein
Eh fterben, als nicht überwinden,
Eh fiegen, als am Leben feyn.
Sie fingt; allein zu ihrer Schmach:
Das Echo wacht, und thut es nach.

8.

Drauf fchiefst fie bey dem lezten Zuge,
Die fo bethörte Sängerinn,
Mit aufgebrachtem fchnellen Fluge
Nach der verhafsten Freundinn hin,

Und

Und ſtöſst ſich in der Raſerey
Am Spiegel Kopf und Hirn entzwey.

9.

Hier trägt ſie Damon aus der Stube.
O! ſpricht er, da er nachgedacht,
O! kämen die in eine Grube,
Die Ehr und Schatten umgebracht:
So würdeſt du wohl manchem Held,
Und manchem Weiſen beygeſellt.

Zuerſt will ich die Handlung auszieben. Eine Ler-
che ſingt oft ihrem lieben Wirthe, dem Damon, früh
ihr Morgenlied. Einſt macht er ihr bey dem Füt-
tern aus Gefälligkeit den Bauer nicht wieder zu,
damit ſie berausfliegen kann; nun ſingt ſie noch
ſtärker, ſetzt ſich gegen den Spiegel über, und
ſiebt ihr eignes Bild für einen Nebenbubler an. Sie
ſingt. Damon öffnet darauf die Thüre, und das
Echo dringt aus dem gewölbten Saale in die Stube.
Die Lerche glaubt alſo ihren Nebenbubler im Spie-
gel zu hören, und läſst ſich mit ihm in einen Wett-
ſtreit ein, bis ſie endlich, da ſie ihn nicht überwin-
den kann, in der Hitze nach dem Spiegel fliegt,
und ſich den Kopf zerſtöſst.

Die Moral. Wenn alle diejenigen, die der
Ehrgeiz und ein Schatten umgebracht, ſagt Da-
mon, in eine Grube kämen, ſo müßteſt du bey
manchem Helden und Weiſen liegen.

Die

Die Handlung an und für fich betrachtet, fcheint das Anziehende zu haben, in fo weit fie felten, unerwartet, und doch wahrfcheinlich, und endlich ein finnliches Bild des menfchlichen Ehrgeizes ift: Betrachtet mit der Moral, fcheint fie gewiffe Züge, oder Theile zu haben, davon man die Deutung nicht wohl einfehen kann.   Die Lerche fieht fich felhft im Spiegel, und hält fich für eine fremde Lerche.   Recht gut.   Sie hört das Echo ihrer Stimme, und hält es für die Stimme ihres Nebenbuhlers.   Auch gut.   Die Lerche kann beides in der Fabel thun, weil fie es außer der Fabel zu thun fcheint.   Ich fetze nunmehr einen ehrgeizigen Menfchen an die Stelle der Lerche.   Er fey ein Autor, ein Held, ein Staatsmann.   Er glaubt, durch die Einbildung betrogen, daß er Nebenbuhler habe; diefe zu übertreffen, ftrengt er feinen Ehrgeiz fo lange an, bis er darunter erliegt.   Ift alles richtig in diefer Vergleichung?   Glaubt der Ehrgeizige nur Nebenbuhler zu haben, oder hat er fie nicht wirklich?   Er hat fie; und wie der Thor immer einen noch größern Thoren findet, der feinen Werth bewundert: fo findet der Ehrfüchtige immer noch einen Ehrfüchtigern, der mit kleinern oder größern Kräften ihn zu übertreffen fucht. Alfo harmonirt die Fabel nicht genug mit der Moral; oder fie fcheint ein Körper zu feyn, der feiner Seele, der Moral, nicht genug angemeffen ift. Was

ift

iſt das Echo, das die Lerche für ihre eigne Stimme hält, in Anſehung des Ehrgeizigen? Das weiß ich itzt eben ſo wenig, als ich es damals mag gewußt haben, da ich die Fabel entworfen. Wir wollen nunmehr die Stellungen der Handlung, oder die einzelnen Theile betrachten, aus denen ſie zuſammen geſetzt iſt. Iſt alles, was vorgeht, ſo beſchaffen, daß der Erfolg ohne daſſelbe nicht wohl hätte geſchehen können, oder daß die Erdichtung weniger anziehend geworden wäre? Es iſt offenbar, daß theils müßige Theile vorhanden, theils die nothwendigen mit Zierrathen beſchweret ſind, welche ſie nicht heben, ſondern nur beläſtigen.

Warum muß die Lerche erſt im Bauer ſeyn? Warum muß ihr Damon zum Vergnügen die Thüre offen laſſen? Das erſte deßwegen, damit ſie Damon heraus laſſen kann; und das andere deswegen, damit ſie in dem Zimmer frey ſitzen, und ſich im Spiegel ſehen kann. War das nöthig in Anſehung des Erfolgs? Nein, ſie durfte nur gleich frey im Zimmer ſeyn, und dem Spiegel gegenüber ſitzen. Dieſes iſt alſo der Punct, wo die Handlung hätte anfangen ſollen, damit ſie die Kürze, die nöthige Tugend der Erzählung, erhielte. Folglich ſind bey nahe die drey erſten Strophen müßig. Die andern Theile ſind zwar nothwendig, aber mit verſchiednen kleinen Umſtänden beladen, welche das

Stück

Stück nur erweitern, ohne es zu verſchönern.
Hieber gehört insbeſondere die ſiebente Strophe.

Aus dieſen Critiken laſſen ſich die übrigen von
der Art zu erzählen größten Theils ſchließen.
Sie iſt weitſchweifig, und eben deswegen matt.
Sie will ſich durch eingeſchaltete Beſchreibungen beleben; aber dieſe Beſchreibungen ſind zu leer, und
ermüden. Sie enthalten nichts, als das ewige Ge-
ſinge der Lerche, das eben nicht ſchön beſchrie-
ben iſt.

In der Schreibart ſelbſt fehlt das Leichte,
Freywillige und Muntre. Braucht man noch zu
fragen, warum die Fabel nichts taugt; wenn auch
ihr Inhalt noch ſo gut wäre? Iſt es nicht Fehler
genug, ängſtlich und gezwungen zu erwählen?
Sie iſt, wie viele andre aus den Beluſtigungen,
in dem Versmaaße der Ode erzählet. Ich will gern
zugeben, daß dieſe Versart zuweilen von dem In-
halte, zumal von einem ernſthaften, oder dem man
das Anſehen des Ernſtes geben will, verlanget
werden kann; und wir haben gute Exempel von
dieſer Art. Allein in den meiſten Fällen verträgt
ſich der Zwang der Strophen, der ſich immer gleichen Zeilen, der beſtimmten Ruhepunkte in den
Strophen, nicht mit den Tugenden der Erzählung. Man darf, um ſich davon zu überzeugen,
nur einen Verſuch mit einer guten Fabel, die in
freyen Verſen erzählet iſt, machen, und ſie in das

Vers-

Versmaaß der Ode übertragen; wie bald wird man
fehen, duß die beften Stellen verlobren gehen, daß
diefer Gedanke in einer längern Zeile gefagt feyn
will, daß er oft, wenn er nur ein Wort verliert,
nicht mehr fo natürlich, oder fcherzhaft klingt;
daß felbft die Länge und Kürze der Zeilen bald
den Nachdruck, bald die Anmuth im Erzählen befördert! Und wo ift in der Strophe der Platz zu
den Nebenbetrachtungen, zu einer kleinen, im
Vorbeygehen angebrachten Spötterey, zu gewiffen
Wiederholungen und andern kleinen Schönheiten
der Erzählung?

Ich will den Beweis von den Fehlern der
Schreibart nunmehr im Kleinen geben.

Erfte Strophe. Bey manches Morgens; fehr
hart und rauh. Hellem Schimmer; hell, ein ü-
berflüßiges Beywort. ,,Die Lerche fang bey man-
,,ches Morgens hellem Schimmer froh bemüht dem
,,lieben Wirth ein Morgenlied.,, Was heißt
froh bemüht? Mit einer Mühe, die ihr zum Vergnügen ward? Es ift gezwungen, undeutlich, und
dem Reime zum Beften gefagt. Eben diefes gilt
auch von dem Schimmer des Morgens, der feine
Exiftenz hier dem Zimmer zu danken hat. Das
Morgenlied fcheint mir hier auch nicht fchön zu
feyn, ob es gleich gewiß ift, daß die Lerchen des
Morgens am ftärkften fingen; man denkt dabey an
das Abendlied. ,,Und ruhte nicht, bis daß ihr
,,Klang

,, *Klang das ganze Haus erfüllt durchdrang.*,,
Klang ; unnatürlich. Es follte Gefang beißen.
Was bedeutet hier erfüllt? Heißt es der *Klang*,
der das ganze Haus *erfüllt hatte*, oder mit dem das
ganze Haus war *erfüllt worden?* Setzt man das
Participium in dem einen oder andern Falle, nach
dem Sprachgebrauche, fo wie es hier fteht? Niemals. Alfo ift es undeutlich, oder wider die
Grammatik; und follte *erfüllend* beißen, wenn ja
ein Participium gebraucht werden mußte. Und
wenn es beides nicht wäre: fo ift es doch überflüffig, weil in dem Worte *durchdringen* das *Erfül-*
len fchon enthalten ift.

Zweyte Strophe. ,, Einft lehnt ihr Damon
,, zum Vergnügen das Thürchen nicht beym Füt-
,, tern an. ,, Anlehnen ift nicht der rechte Ausdruck, oder es follte beißen: er lehnte es nicht
wieder an, beffer; er ließ die Thüre offen. Aber
fo bätte der folgende Reim, *kann*, nicht befteben
können. ,, So, daß fie aus dem Bauer fliegen und
,, in der Stube flattern *kann*. ,, Das, fo daß, ift
febr demonftrirt, ift zu gezwungen, oder doch profaifch. Wenn fie aus dem Bauer fliegt, fo weiß
ich fchon, daß fie in der Stube flattern kann; und
wenn fie das Letzte thut, muß das Erfte gefche-
ben feyn. Ein Umftand ift überflüffig. In der
Stube flattern, fagt man auch nicht, fondern lieber *herumflattern*. *Flattern* foll hier ein lachen-

der Ausdruck feyn, thut aber keine gute Wirkung. „Und fang fie vormals fehr: fo fingt fie
„itzt noch dreymal mehr.„ Mehr, harmonirt
mit dem fehr nicht, fondern mit dem Reime. Es
follte beißen: noch dreymal ftärker. Die ganze
Strophe ift profaifch und gedehnt.

Dritte Strophe. „Auch Vögeln ift die Frey-
„heit lieber als Kerker, welche Gold umzieht „
Diefe Sentenz fteht nicht an ihrem Orte. Kerker
paßt zur Freyheit nicht gut. · Es follte Sklaverey
heißen. Sie fitzt fo, daß; · profaifch. Damons
groffer Spiegel. Wozu Damons? Kann der
Spiegel jemanden anders gehören? Es wäre beffer,
der Spiegel hätte gar kein Beywort. „Sie fieht
„fich felbft und meynt dabey, daß diefes Bild die
„Schwefter fey. „ Meynt dabey; gezwungen
und gereimt. Diefes Bild; was für ein Bild?
Es ift ja noch keines da gewefen, auf welches diefes gehen könnte. Alfo ihr eignes Bild, oder das
fie itzt fieht. Die Schwefter. Warum Schwefter?
War es eine Sie? und war die fingende Lerche auch
eine Sie? Ueberhaupt ift der Familienname Schwefter hier nichts artiges, denke ich.

Vierte Strophe. „Sie ftutzt und regt,
„vermuthlich bewegt, die kleinen Schwingen.„
Klein, ift hier ein fehr überflüffiges Beywort.
Bald will fie fort; Wohin? Bald bleibt fie hier.
Es follte wohl heißen: Bald will fie auffliegen,

bald

bald hält fie fich wieder zurück. Drauf öffnet
Damon bald; bald ift geflickt. Die Thür, ftatt
der Thüre, da die folgende Zeile fich mit keinem
Vocale anfängt, wie hart! „Da dringt der Schall
„im Augenblick aus dem gewölbten Saal zurück. „
Da ift hier profaifch. Im Augenblick, fcheint
gereimt zu feyn. Aus dem gewölbten Saal; Ift
diefer Saal ein Vorfaal? Vermuthlich. Und
warum öffnet Damon die Thüre zum Saale?
Die Lerche hätte ja davon fliegen können.

Fünfte Strophe. „Sie läft fich zwo Mi-
„nuten ftören. „ Aber warum nicht mehr, nicht
weniger Minuten? Ift zu arithmetifch beftimmt.
„Die Ehrfucht martert ihren Geift. „ Der Geift
der Lerche, vielleicht auch das Martern, ift fehr
poetifch und gezwungen. „Sie meynt die Schwe-
„fter felbft zu hören. „ Die Schwefter; weg damit! Selbft ift überflüßig und nur des Versmaa-
ßes wegen da. „Die ihr der falfche Spiegel weißt.„
Der falfche Spiegel, weil er die Einbildung der
Lerche betrog, kann poetifch richtig feyn; allein
ein falfcher Spiegel heißt auch fo viel, als ein
Spiegel, der den Gegenftand nicht getreu darftellt.
„Drauf läft fie fich mit fich allein betrogen in ften
„Wettftreit. „ Drauf ift kurz vorher da gewefen.
Betrogen; diefes Participium fteht hier an kei-
nem guten Orte, und verurfacht eine Dunkelheit.

F 2

*In den **Wettſtreit**; nicht den, ſondern einen; iſt wider die Sprache.*

     Sechſte Strophe. „ *Sie ſingt aus ehrſuchts-* „*vollem Grimme.* „ *Grimm ſcheint zu viel für das Singen einer Lerche zu ſeyn. Vor Grimme nach dem Spiegel fliegen, dieſes würde man eher ſagen.* „ *Sie zieht, ſie trillert, mengt und paart* „ *der bellen Kehle ſtarke Stimme, auf hundert* „ *und auf tauſend Art.* „ *Dieſe drey Verſe betrügen auf dem erſten Anblick, und ſcheinen harmoniſch zu ſeyn.* *Sie zieht und trillert; geben dieſe Worte auch auf die Stimme? Sie zieht und trillert die Stimme; das kann wohl nicht ſeyn. Aber ſie ſtehen doch ſo, und alſo ſind es ambigue dicta.* „ *Sie mengt die Stimme der Kehle und* „ *paart ſie.* „ *Wie kann ich eine Stimme mengen? Töne möchten wohl gemenget werden können; und doch wollen mir die gemengten und gepaarten Töne auf hundert und tauſend Art gar nicht gefallen. Man ſagt auf hunderttauſend oder tauſenderley Art im gemeinen Leben; und wenn dieſes richtig iſt, ſo iſt es doch ganz proſaiſch. Der Poet muß ſich von der Proſa zu entfernen wiſſen, auch da, wenn er den niedrigſten Stil redet.*

     Le Stile le moins noble a pourtant ſa nobleſſe

     Siebente Strophe. „ *Noch läſſt ſie ſich nicht* „ *kraftlos finden;* „ *iſt gezwungen geſagt. Es ſoll heiſſen: dennoch fährt ſie herzhaft fort.* „ *Sie ſingt* „ *und*

„ und will zu ihrer Pein eh ſterben, als nicht über-
„ winden, eh ſiegen, als am Leben ſeyn.„ Sehr heroiſch
von der Lerche. Aber worauf geht das zu ihrer
Pein? Auf das Sterben? Sie will alſo zu ihrer Pein
ſterben? Sehr fremd geredt. Dem einzelnen Worte,
ſingen, ſollte nicht die Redensart entgegen geſetzt
ſtehen, am Leben ſeyn, ſondern leben. Es iſt natürlicher und verhältniſmäßiger. Wer ſieht nicht,
daß die Reime Pein und ſeyn wider das Natürliche dieſer Stelle ſich empört haben? Aber der Reim
iſt der Sklav, und der Poet der Herr.

La Rime eſt un eſclave, & ne doit qu'obéir.

„ Sie ſingt; allein zu ihrer Schmach.„ Schmach
iſt nicht das richtige Wort; Schande, Verdruß,
Schimpf, oder ſo etwas. „ Das Echo wacht; wacht
iſt unnatürlich. „ Und thut es nach;„ thut, iſt
platt; warum nicht, ſpricht, ſingt u d. gl.?

Achte Strophe. „ Drauf ſchießt ſie bey dem letz-
„ ten Zuge, die ſo bethörte Sängerinn, mit aufgebrach-
„ tem ſchnellem Fluge, nach der verhaßten Freundinn
„ hin.„ Drauf, ſchon wieder! Bey dem letzten
Zuge; was iſt das für ein Zug? Der Zug des A-
thems; oder ſteht Zug ſtatt Ton? Und was heißt der
letzte Zug? Soll es heißen: indem ſie den letzten
Ton ſingt, ſchießt ſie nach dem Spiegel? Wer wird
ſo erzählen? Die bethörte Sängerinn; bethört iſt
kein gewähltes Wort. Mit ſchnellem Fluge kann man
ſagen, aber wohl nicht ohne Gewaltſamkeit mit aufgebrachtem ſchnellem Fluge. Die verhaſte Freun-

F 3   dinn

dinn ift langweilig, und wie das hin nicht noth-
wendig; und woher war fie eine Freundinn von ihr?
Sie fah fie ja itzt zum erftenmale. Das Oxymoron,
verhafste Freundinn, ift alfo hier ein Spielwerk.
„Und ftöfst fich in der Raferey am Spiegel Kopf und
„Hirn entzwey.„ In der Raferey; wer wird dieß
von der Lerche fagen? Sie ift ja kein Tieger. In der
Hitze ftöft fie fich alfo am Spiegel Kopf und Hirn
entzwey. Erftlich Kopf; es muß nothwendig den
Kopf heißen. Alsdenn Hirn für Gehirn ift uner-
träglich. Und warum muß fich die arme Lerche den
Kopf, und auch das Gehirn entzwey ftoffen? Ich dächte, das erfte wäre genug gewefen. Das Gehirn ift un-
nöthig, und erweckt einen ekelhaften Begriff. Endlich
fagt man nicht, fich das Gehirn entzwey ftoffen.
　Neunte Strophe. „Hie trägt fie Damon aus der
Stube.„ Wozu wird das Leichenbegängniß erwähnt?
Um auf die Grube einen Reim zu haben? Warum
trug fie Damon aus der Stube? Warum warf er fie
nicht zum Fenfter hinaus? Müßiger Umftand! O,
fpricht er, da er nachgedacht. Er muß alfo erft
nachdenken, ehe er feinen Sittenfpruch findet? Wäre es nicht natürlicher, er fiele ihm gleich ein? O,
kämen die in eine Grube. Das doppelte O! fcheint
mir zu wichtig für diefen Fall zu feyn. Aber wem
fagt er diefe Betrachtung? Sich felber, oder find Leute um ihn? Sollte Damon fo figürlich mit fich felbft
reden? Das ift nicht wahrfcheinlich. Genug er fagt!
„O kämen die in eine Grube, die Ehr und Schatten
　　　　　　　　　　　　　　　　　„um-

„umgebracht, fo würdeft du wobl manchem Held und
„manchem Weifen beygefellt." Was bedeutet Schatten? Den eigentlichen Schatten in Anfehung der
Lerche, und den figürlichen in Anfehung des Helden
und Weifen; ift alfo zweydeutig. Manchem Held
ift wider die Grammatik! Manchem Helden. Beygefellt, lieber zugefellt; wiewohl auch diefes Wort
noch nicht das bequemfte ift. Die ganze Betrachtung
ift zwar die Hauptmoral; aber durch eine gute Wen-
dung wollte man fie doch nur im Vorbeygehen anbrin-
gen; und dafür follte fie natürlicher und nicht fo
fpitzfindig gefagt feyn.

Diefes find alfo die Fehler in Abficht auf die Kürze,
die Deutlichkeit der Erzählung, und die nöthige Wahl
der Sprache. Und wo find denn nun die Eigenfchaften
der dritten Tugend der Erzählung, nämlich der Anmuth?

Ich hätte noch viel mehr fagen können, wenn ich
ftrenger hätte critifiren wollen. Indeffen wird diefes
hinlänglich feyn, den Gefchmack und die Beurthei-
lungskraft der Anfänger zu fchärfen, und diejenigen
Lefer, welche meine Fabeln in den Beluftigungen immer noch für gut, und mich für eigenfinnig gehalten
haben, weil ich fie nicht habe heraus geben wollen, zu
belehren, daß fie zu flüchtig, und darum zu günftig
von diefen Arbeiten geurtheilet. Diefes gilt auch von
den folgenden beiden Fabeln. Sie können mit ihren
Anmerkungen ein Beweis feyn, daß ich fie aus Hoch-
achtung für das Publikum und den Gefchmack nicht

babe fammeln wollen. Sie waren mir zu der Zeit, da
icb fie fcbrieb, leicbt zu vergeben; und es ift ein weit
größerer Febler, daß ich fie damals babe drucken laffen, als daß ich fie nicht beffer gemacht babe.

❖❖❖❖❖❖❖❖❖❖❖ ❖❖❖ ❖❖❖❖❖❖❖❖

Der Schäfer und die Sirene.

Ein Schäfer aus der göldnen Zeit,
Ein Thyrfis im Arkaderlande,
Trieb öfters nach des Meeres Strande,
In ruhiger Gelaffenheit.
Sein treuer Hund war fein Gehülfe,
Ein kirres Lamm war feine Luft,
Und auffer einem Rohr von Schilfe,
Ihm weiter kaum ein Glück bewufst.
. Er kannte weder Lift noch Feind,
Und fchlief vergnügt auf feiner Matte;
Er wünfchte nichts, als was er hatte,
Und war fich felber Glück und Freund.
Ihn rührten keine Schäferinnen;
Gefiel ihm eine bey dem Spiel:
So konnte fie nichts mehr gewinnen,
Als dafs fie ihm einmal gefiel.
Doch feiner Ruhe droht Gefahr!
Das Meer zeigt ihm die befte Schöne;
Er wird die nackende Sirene
Mit nie gefühlter Luft gewahr.
Er fteht, und will nicht ftehen bleiben;
Er fieht, verliehrt den freyen Sinn,

Will

Will abwärts mit der Heerde treiben,
Und treibt nur mehr ans Ufer hin.

Zwo blauer Augen Blick und Zug,
Die fchmachtend voller Wolluft brannten,
Sich nach dem Angriff zaghaft wandten,
Als hätten fie nicht Muth genug;
Halb ftolze, halb verfchämte Minen,
In denen Ernft, Gefahr und Luft
Einander zu begegnen fchienen,
Durchdrangen unfers Schäfers Bruft.

Vom runden Kinne bis zur Hand,
Von weiffen Hüften bis zur Stirne,
Entzückt ihn diefe Wafferdirne,
An der er taufend Anmuth fand.
Nie wird fie reizend gnug befchrieben;
Der befte Rifs bleibt ein Verfuch.
Kurz: Sie zu fehn und nicht zu lieben,
War, wie man fagt, ein Widerfpruch.

Der gute Schäfer fteht zerftreut,
Vergifst fich felbft und feine Heerden,
Und klagt mit ängftlichen Geberden
Der Schönen feine Zärtlichkeit.
Dich, rief das Kind, kann ich erhitzen?
Ich foll an deiner Seite ruhn?
Ja, Freund, du follft mein Herz befitzen,
Erbitte mich nur vom Neptun.

Der Schäfer ruft zum Gott der See:
Ein Opfer von zwey feiften Ziegen
Soll dich, Neptun, fogleich vergnugen,

F 5.   Wo-

Wofern ich nicht vergebens fleh.
Dir, fpricht Neptun, mein Kind zu geben?
O fpare Seufzer, Wunfch und Harm!
Ich gäbe dir und deinem Leben
Ein ewig Unglück in den Arm.

Der arme Thyrfis feufzt und weint,
Und klagt mit manchem bangen Schalle
Sein Leid dem nahen Wiederhalle,
Bis wiederum Neptun erfcheint.
Gut, fpricht Neptun, du gleichft den Knaben;
Dich blendet eine Scheingeftalt.
Gut, gut, du follft dein Unglück haben;
Denn du verlangft es mit Gewalt

Die Nacht befördert Thyrfis Ruh,
Neptunus giebt ihm die Sirene.
Der Schäfer trägt die naffe Schöne
Entzückt nach feiner Hütte zu.
Er weifs fein Glück kaum gnug zu fchätzen,
Sein mattes Herz wird wieder frifch.
Der Tag erfcheint. O, welch Entfetzen!
Sirene war halb Menfch, halb Fifch.

O Fabel! meynft du nicht die Welt,
Die früher liebt und eher brennet,
Als fie das Kind zur Hälfte kennet,
Das Aug und Wahn für göttlich hält?
Man liebt der Schönen Mund und Stirne,
Bis der verborgne Fifch uns fchreckt,
Ihr eitles Herz, ihr leer Gehirne
Die Fehler unfrer Wahl entdeckt.

Auch

Auch diefe Erzählung hat viel Müßiges, viel
Mattes, und einen gewiffen Firniß, der das Auge
blendet. Ein Arkadifcher Schäfer fieht eine Sirene
auf der See, verliebt fich in fie, hält bey dem Neptun um fie an, und bekömmt fie. Dieß find die Haupt-
theile der Erzählung, welche die Deutlichkeit befiehlt,
und die Kürze billiget. Diefe Theile follen nun aus-
gebildet und verfchönert werden, damit fie, gleich
als auf dem Gemälde, genug ins Auge fallen, jedes
nach feinem Bedürfniffe, nach der Wahrfcheinlichkeit; aber auch nach der Hauptabficht. Der Schäfer,
die erfte Perfon der Handlung, was will man von ihm
wiffen? Wie ruhig und zufrieden er mit feinem
Stande war? Nein, man will ein Zufchauer von der
Begebenheit feyn, wie er die Sirene erblickte, und
fich in fie verliebte. Wäre alfo die Befchreibung von
feiner fchäferifchen Zufriedenheit auch noch fo
fchön: fo würde fie doch eben deswegen wieder nicht
gut feyn, weil fie hier nicht nöthig war, von der
Sache, die vorgieng, nicht befohlen wurde, und
die Aufmerkfamkeit zu lange auf fich zog.

Que jamais du fujet, le difcours s'écartant,
N'aille chercher trop loin quelque mot éclatant*.

Die zweyte Hauptperfon ift die Sirene. Was
willman von diefer wiffen? Wie fchön fie war? Ja;
aber unter der Bedingung, daß die Befchreibung
unfre Erwartung übertreffen, daß fie nicht alltäg-
lich feyn, daß fie nicht durch ihre Länge einfchlä-

F 6   fern

*) BOILEAU A. P. Ch. I. v. 180.

fern muß. Die eingeſchaltete Beſchreibung der Sirene iſt nicht neu; ſie iſt lang und ſtarr. Ihr Verhalten bey der Liebeserklärung des Schäfers iſt das merkwürdigſte, was man wiſſen will, und worauf man, wenn man von ſo einer Handlung ein Zuſchauer wäre, am meiſten Acht haben würde. Dieſes Verhalten würde ſich durch ihre Minen und Gebehrden, durch ihre kleinen Liſten, daß ſie thäte, als merkte ſie den Schäfer nicht, daß ſie ſich auf der See mit einer gewiſſen angenommenen Sorgloſigkeit etwas zu thun machte, daß ſie bald ihre Locken zurückſchlüge, bald im Schwimmen ihrer Schönheit eine neue Anmuth gäbe, und endlich dadurch offenbaren, daß ſie mit ihm ſo redte, daß er hoffen und fürchten müſſte, um ihn deſto gewiſſer zu feſſeln. Dieſes Gemälde, weil es Handlung enthielte, würde einnehmender ſeyn, als die todte Beſchreibung ihrer Augen, ihrer Stirne, ihrer weiſſen Schultern; würde aus der Materie ſelbſt entſproſſen ſeyn, und nichts als Wahl und Feinheit erfodern. Auf dieſe Weiſe hätten die beiden Hauptgegenſtände der Erdichtung ſchön gezeigt werden können; und ſo hätte zugleich die Erzählung, anſtatt der ernſthaften Mine, die ihr nicht läſt, die lachende und muntere, die ſie verlangt, bekommen können. Der Theil der Handlung, da der Schäfer den Neptun bittet, und wieder bittet, iſt in der Fabel mit kleinen Umſtänden beſchweret, die nicht einnehmen Man will wiſſen, ob der Schäfer die Sirene bekommen wird; aber man

will

will es bald wiſſen. Wie es uns in der Natur als Zu-
fchauern würde befchwerlich gewefen feyn, wenn der
Schäfer und Neptun ein langes Gefpräch mit einan-
der gehalten, und anfrer Neugier Gewalt angethan
hätten: fo wird es auch in der Nachahmung be-
fchwerlich. Und das beift eben Gefchmack, ſtets das
Gehörige, das Befte zu wählen, nicht zu viel,
nicht zu wenig, und doch das zu fagen, was das
Vorzüglichfte war. Ich will es zugeben, daß die
Erzählung hin und wieder einige feine Züge hat;
aber wie wenig ift das, wenn die Hauptfchönheit
fehlt?

C'eſt peu qu'en-un Ouvrage, où les fautes
fourmillent.

Des traits d'efprit femés de tems en tems
petillent.

Il faut que chaque chofe y foit mife en fon
lieu;

Que le début, la fin, répondent au milieu;

Que d'un art délicat les piéces afforties

N'y forment qu'un feul tout de diverfes par-
ties *.

Diefes gilt von jedem Werke des Gefchmacks, und
von der kleinen Fabel fowohl, als von der größern;
ja von der kleinen um defto mehr, je gefchwinder
der Fehler an einem kleinen Werke in die Augen
fällt Der Fehler, daß der Schäfer nicht eher als
am Morgen fieht, wer feine Sirene war, will ich

F 7 *nicht*

*) Ebendaf. v. 175.

balten zu feyn, Die Deutung, daß nach der Hoch-
zeit aus der angenehmen Braut bald eine Furie wird,
fcheint mir mit der Erzählung nicht genau überein-
zuftimmen, wenn man dem Schäfer nicht ein förm-
liches Beylager`andichten will. Es würde folglich
nach meinem Gefchmacke die letzte Moral die vorzüglichfte feyn, nämlich daß unfre feurigften Wün-
fche im Grunde oft Thorheiten find.

Ich komme nunmehr zu den Anmerkungen über
den Ausdruck und Ton der Erzählung. Sie ift wieder in dem Versmaaffe der Oden abgefaßt, und um
wohlklingendeStrophen zu machen, habe ich das Freye
und Natürliche im Erzählen vernachläßiget.

Erfte Strophe. ,,Ein Schäfer aus der göldnen
,,Zeit, ein Thyrfis im Arkaderlande; ,, die zweyte
Zeile ift müßig, und das ein Thyrfis, das dialo-
gifch fchön feyn foll, eben nicht fchön. Würde
man gern in Profa erzählen: Ein Schäfer, ein
Thyrfis in Arcadien, trieb öfters - - Giebt es auffer Arkadien auch Thyrfis? Oder dichten wir unfre
Schäfer, wenn wir welche fchaffen, nicht in diefes
Land hinein, oder aus ihm heraus? Will man fagen: es kann ja wohl in Arkadien viele Thyrfis geben; nun fo heißt ein Thyrfis der Bedeutung nach,
nichts mehr als ein Schäfer, und dieß fteht in der
erften Zeile. Im Arkaderlande; nicht gut gefagt,

　　　　　　　　　　　　　　　　　fo

And novv poffeft of all her charms,
He th nks himfelf the happieft man in life:
But oh! at morn he found vvithin his arms
A monfter for a vvife.

ber tadelt. Was überflüſſig iſt, iſt allemal ver-
werflich, wenn es auch noch ſo ſchön wäre;
und dieſe Beſchreibung iſt unſtreitig überflüſſig,
und zu lang.

    - - - Recideret omne quod ultra
      Perfectum traheretur - - -

ſagt Horaz * vom Lucil, wenn er wieder auf-
ſtehn und ſeine Gedichte verbeſſern ſollte. Endlich
verräth das Rohr von Schilfe den Reim zu ſehr.
„Er kannte weder Liſt noch Feind.„ Das verſteht
ſich. In Arcadien betrügt und verfolgt man ſich
nicht. „Er ſchlief vergnügt auf ſeiner Matte;„
iſt wenig geſagt. „Er wünſchte nichts, als was er
hatte.„ Dieſe Beſchreibung würde genug zu dem
Charakter des Schäfers geweſen ſeyn, wenn ſie rich-
tiger geſagt wäre. „Und war ſich ſelber Glück und
„Freund.„ Was ſoll Freund hier heiſſen? Er liebte
ſich ſelbſt am meiſten? Nein, und alſo dieſes: er brauch-
te und ſuchte keine Freunde. Das iſt wider die Natur, und alſo auch wider die Natur der Schäfer.
Thyrſis wäre ein Anachoret, und kein Schäfer geweſ-
ſen, wenn dieſer Umſtand wahr ſeyn könnte.

    Dritte Strophe. „Doch ſeiner Ruhe drobt Ge-
„fahr! Das Meer zeigt ihm die beſte Schöne.„ Das
Beywort beſte iſt matt. „Er wird die nackende Si-
„rene mit nie gefühlter Luſt gewahr „ Mit nie gefühlter Luſt? worauf bezieht ſich dieſe Luſt? Ue-
                            berhaupt

Tout ce qu'on dit de trop eſt fade & rebutant:
L'eſprit raſſaſſié le rejette à l'inſtant;

berhaupt auf alle feine Luft, die er je empfunden?
Oder foll er fonft fchon die Sirene gefehen, und nie
fo viel bey ihrem Anblicke empfunden haben? Es ift
alfo zweydeutig; redarguet ambigue dicta. *Er verliert den freyen Sinn*, anftatt feine Freyheit, ift
gezwungen und unrichtig.

Die vierte und fünfte Strophe enthalten wiederum eine gedehnte Befchreibung der Sirene. „Zwo
„blauer Augen Blick und Zug, die fchmachtend vol-
„ler Wolluft brannten, fich nach dem Angriff zaghaft
„wandten, als hätten fie nicht Muth genug. „ Zwo
blauer Augen; nicht zwo, fondern zwey. Sagt
man: Doris hat zwey fchöne blaue Augen? Kann
fie derfelben wohl mehr oder weniger haben? Ein
paar blaue Augen, ja, das fpricht man. Der Blick
und Zug diefer blauen Augen durchdrangen die
Bruft des Schäfers. Was ift der Zug der Augen?
Soll es das Anziehen heiffen, fo ift es erbärmlich gefagt. Und wie kann das Anziehen der Augen die Bruft
durchdringen? Ich mag wohl nicht viel dabey gedacht
haben, fonft würde mehr Klarheit in dem Ausdrucke
feyn.

Ce que l'on conçoit bien, s'énonce clairement,
Et les mots, pour le dire, arrivent aifément. *

Diefe Augen brannten voller Wolluft; gut. Sie
brannten fchmachtend voller Wolluft. Geht fchmachtend auf voller Wolluft, oder bezieht es fich aufs Bren-
nen? „ ich nach dem Angriff zaghaft wandten, als
hätten

*) Ebendaf. v. 153.

„hätten fie nicht Muth genug.„ Erft find die Augen
Flammen, nun werden fie fogleich Streiter. „Halbftol-
„ze, halbverfchämte Minen, in denen Ernft, Gefahr
„und Luft einander zu begegnen fchienen. „ Welches Gemälde der Minen! Halb ftolz, halb verfchämt,
dieß läßt fich denken, und alfo auch malen. In diefen
Minen ift über den Stolz und die Verfchämtheit erftlich Ernft. Was heißt Ernft hier? Eine ernfthafte
Mine? Diefe ift fchon im Stolze. Oder heißt Ernft,
weil Gefahr drauf folgt, gar fo viel als Muth? Oder
ift es dem Scherze entgegen gefetzt, und heißt alfo: es
war den Minen ein Ernft, den Schäfer zu rühren?
Das weiß ich nicht, und mag es auch nicht wiffen.
In diefen Minen begegnen alfo erft der Ernft, und
dann die Gefahr, und auch die Luft einander. Was
ift Luft? Heißt es Freude, Vergnügen, Reiz, oder
Wolluft? Vermuthlich das Letzte? Und wie begegnen denn nun diefe perfonificirten Begriffe einander?
Bruft, anftatt Herz, ift fehr hoch bey diefer Gelegenheit, und durchdringen ift eben nicht fchön. Ihre
Blicke, ihre Minen durchdringen meine Bruft. Hört
man keinen Zwang bey diefem Ausdrucke? Diefe
Wafferdirne, ein garftiges Wort, des Reims wegen
herbey gezogen, „entzückt ihn vom runden Kinne
„bis zur Hand, von weißen Huften bis zur Stirne.„
Nicht viel Idee, und fehr viel Worte. So verliert
fich unter der Menge von Blättern eine unreife
Frucht. Warum fängt die Befchreibung vom Kinne an zu vifiren, bis auf die Hand? Man fagt vom
Haupte

Haupte bis zum Fuße, und vom Fuße bis zum Haupte, weil diefes die äußerften Theile find, die einander
entgegen fteben; aber das Kinn und die Hand find
es nicht. Das Kinn, in fo weit es bloß rund ift, ift
eben noch nicht fchön; ich kann eben fo wohl der run-
de Arm fagen. Da das Kinn ein Beywort hat, warum es den Schäfer entzückt: fo follte die Hand ebenfalls ein Beywort, oder eine kleine Erhöbung baben.
,, Von weißen Hüften bis zur Stirne.,, Erftlich
feblt der Artickel den, von den weißen Hüften, der
nach den Sprachgefetzen bier durchaus nicht feblen
kann. Ferner ift das Beywort weiß wieder kein aus-
drückendes eigentbümliches Beywort. Sind nur die
Hüften weiß? Nicht auch die Hand und die Stir-
nen? Endlich follte die Stirne ebenfalls ein Beywort baben, wie die Hüften eins batten. Die Hüften und die Stirne ftehen auch in keinem Verbältniße,
und das Wort Hüften ift wider den willkührlichen
Wohlftand. ,, An der er taufend Anmuth fand.,,
Nachdem fchon die Wirkung, das Entzücken, vor-
bergegangen, kömmt endlich die Urfache bintennach
gefchlichen, daß er taufend Anmuth an der Schönen
fand Ueberdieß ift das finden, und das taufend
febr profaifch. ,, Nie wird fie reizend gnug befchrie-
,, ben.,, Das ficht man aus der Befchreibung felbe.
,, Der befte Riß bleibt ein Verfuch. Riß für A
riß. Abbildung; nicht gut. Verfuch; es follte bier
unftreitig beißen unvollkommne: Gemälde, Schatten-
werk, u. d. gl. Beide Verfe ftehen der folgenden wegen

gen da: „ Kurz, ſie zu ſehn und nicht zu lieben,
„ war, wie man ſagt, ein Widerſpruch.„ Kann ich
ſagen: Ich ſah das Frauenzimmer, ſie war auſſeror-
dentlich ſchön, und es war ein Widerſpruch, ſie zu
ſehn und nicht zu lieben? Oder würde man nicht
ſprechen: und es war mir unmöglich, ſie zu ſehen
und nicht zu lieben? Im Präſenti kann der Ausdruck
richtig ſeyn: ſie zu ſehen und nicht zu lieben, widerſpricht ſich; und doch würde ich nicht ſagen, iſt
ein Widerſpruch, lieber etwas widerſprechendes.

Sechſte Strophe. „ Der gute Schäfer ſteht zer-
„ ſtreut, vergißt ſich ſelbſt und ſeine Heerden.„ Erſt
die Heerden, und dann ſich. Wenn ich mich vergeſſe, ſo iſt es nichts neues, daß ich das vergeſſe,
was um mich herum iſt. „ Und klagt mit ängſtlichen
„ Geberden der Schönen ſeine Zärtlichkeit.„ Ængſt-
lich iſt zu hoch getrieben; und ängſtliche Geberden
rühren auch nicht ſehr. Warum nicht lieber
ſchüchterne, furchtſame Geberden? Dieſe ſind
der geſchwinden Liebe eigen. „ Dich. rief das Kind,
„ kann ich erhitzen?„ Was für ein Kind? Die
Sirene? Die Schöne alſo, oder das ſchöne Kind, und
nicht das Kind allein. Kann ich erhitzen, iſt ſehr
romanmäßig; eben ſo wohl als das, an deiner Seite
ruhn. Der Schäfer hat ja noch nicht geſagt, daß ſie
an ſeiner Seite ruhn ſoll; warum iſt ſie ſo vorei-
lig? Sollte eine Sirene nicht ſchlauer antworten?
Ich dächte es.

Sie-

Siebente Strophe. „ Der Schäfer ruft zum
„ Gott der See: Ein Opfer von zwo feiſten Ziegen. „
Warum feiſt und nicht fett? und warum ein Opfer
von Ziegen? Opfern etwan die Schäfer dem Neptun eingeführter maßen Ziegen, oder werden ihm
nicht vielmehr Stiere und Pferde geopfert? Und
warum zwo? „ Soll dich. Neptun, ſo gleich ver-
„ gnügen. „ Das ſo gleich iſt ſehr pünctlich, con-
tractmäßig, und verräth eine große Meynung von
ſeinem Opfer, und das vergnügen iſt ſehr gezwungen, und wegen der Ziegen aufgeſucht. „ Wofern ich
„ nicht vergebens fleh; „ klingt zu drohend. „ Dir,
„ ſpricht Neptun, mein Kind zu gehen? „ Neptun
redet hier wie ein guter ehrlicher Bürger. Iſt Sirene
ſeine Tochter? „ O, ſpare Seufzer, Wunſch und
„ Harm. „ In dieſer Zeile drückt ſich Neptun poe-
tiſcher aus. Er redet in der Figur, die man Grada-
tion oder Cumulation nennt; aber ſie iſt ihm nicht
recht geglückt. Spare deine Seufzer und deine Wün-
ſche, hätte er ſagen können; aber ſpare deinen
Harm, dieß hat er des Reims wegen geſagt, ſonſt
würde er das undialogiſche Wort nicht gebraucht
haben. „ Ich gäbe dir und deinem Leben ein ewig
„ Unglück in den Arm. „ Daß er ihm das Unglück
in den Arm gäbe, wäre ſchon genug; aber ſeinem
Leben in den Arm, da hat Neptun gar nichts geſagt.

„ Der arme Thyrſis ſeufzt und weint. „ Thrä-
nen möchte Thyrſis wohl vergießen, nur nicht weinen. „ Und klagt mit manchem bangen Schalle ſein
„ Lied

„ *Lied dem nahen Wiederhalle, bis wiederum Nep-*
„ *tun erfcheint.* „ *Mit manchem bangen Schalle,*
ift gereimt und hart. Dem nahen Wiederhalle;
wo war der Wiederhall? auf der See, oder auf der
Flur? „ *Bis wiederum Neptun erfcheint.* „ *Wenn*
ich auch die Verfetzung des **wiederum** *nicht tadeln*
will, fo ift es doch wenigftens kein Wort für die
Poefie. In wie langer Zeit ift Neptun nicht wieder-
um erfchienen? Hat der Schäfer ftets dem Wieder-
halle fein Leid indeffen geklagt? Die Antwort des
Neptuns ift den Verfen nach gut, dem Innhalte
nach fehr philofophifch und docirend.

„ *Die Nacht befördert Thyrfis Ruh.* „ *Ift Ruhe*
hier der Schlaf, weil die Nacht die Urfache davon ift,
oder heißt es Vergnügen, Glück? „ *Neptunus giebt*
„ *ihm die Sirene.* „ *Auf was für Weife?* „ *Der Schä-*
„ *fer trägt die naffe Schöne entzückt nach feiner*
„ *Hütte zu,* „ *und merkt es alfo nicht, daß fie halb*
Fifch ift? nicht eher, als bis der Tag erfcheint?
„ *Sein mattes Herz wird wieder frifch.* „ *Gezwun-*
gen, und mehr noch, als gezwungen.

„ *O Fabel! meynft du nicht die Welt, die frü-*
„ *her liebt und eher brennet.* „ *Welt, es gehet ja*
nicht auf die ganze Welt, fondern nur auf die
Mannsperfonen. Das **brennet** *ift kein fchönes Wort,*
und fagt ohnedem nichts mehr als das **liebet.** „ *Als*
„ *fie das Kind zur Hälfte kennet, das Aug und Wahn*
„ *für göttlich hält* „ *Das* **Kind** *anftatt Schöne;*
unnatürlich. **Zur Hälfte kennet** *; ift unedel aus-*
gedrückt,

Früh, wenn beym erften Sonnenfchein
Der Hauswirth fang und Futter ftreute,
Fand er fich an des Schlages Seite
Mehr frech als fcheu zum Frühftück ein.

2.

Die Dauben fagten erft kein Wort:
Dann fcheuchten fie den Fremdling fort;
Doch kam das fchelmifche Gefieder,
Wo heute nicht, gleich morgen wieder.
Drauf nahm fich aus dem Daubenchor
Die ältfte von den ftillen Thieren,
Des Unrechts ihn zu überführen,
Mehr redlich, als gekünftelt vor.

3.

Sie war des ganzen Schlages Preis,
An Hals und Bruft wie Schnee fo weifs,
Im blauen Schwanz und blauen Flügeln
Schien fich ihr Mann oft zu befpiegeln.
Sie trug die Bruft gewölbt und frey,
Die fchönften Latfchen an den Füffen;
Sie konnt auch alt noch zärtlich küffen,
War fchön, und doch dem Manne treu.

4.

Noch gröfsre Dinge zierten fie.
Sie hatte mit gefchickter Müh
Wohl zwanzig Kinder aufgezogen,
Die ihr zum Ruhm im Schlage flogen.
Sie nahm fie zeitig mit ins Feld,
Sie liefs fie nie zu Schaden fliegen.
Die Körner, die in Furchen liegen,
Die, lehrte fie, find euch beftellt.

5.

Von diefer wird das Werk gewagt.
Der Sperling kömmt, noch eh es tagt.
Nicht ungeftüm und auch nicht blöde
Setzt fie den fremden Gaft zur Rede.
Bift du, fo fragt fie, tugendhaft?
Mit deiner Nahrung unzufrieden
Nimmft du, was mir und den befchieden.
Diefs ift der böfen Eigenfchaft!

6.

Der Sperling ward fo gleich gerührt.
Nur bin ich noch nicht überführt,
Ob mehr ihr Anfehn, oder Sagen,
Zu diefem Siege beygetragen.

Die

Die Ueberzeugung war gefchehn;
Ihm fällt das Korn aus feinem Munde.
O, fpricht er, gleich von diefer Stunde
Sollft du mich nun verändert fehn.

7.

Er hält fein Wort auch ohne Schwur,
Und zwingt die lüfterne Natur;
Und ob er öfters füttern fahe,
Kam er doch nie dem Schlage nahe.
Die Gärten ftillten feine Luft;
Denn junge Schoten auszureiffen,
Die beften Kirfchen anzubeiffen,
Hat nie ein Spatz fo gut gewufst.

8.

Einft frifst er in der fchönften Ruh.
Da fieht ihm unfre Daube zu,
Und fpricht: Wie klug weifst du im Sitzen
Der Fremden Frucht bequem zu nützen!
Der Sperling hüpft fo gleich empor:
Nun, fchreyt er, kannft du mich noch haffen?
Hab ich mein Lafter nicht gelaffen?
Bin ich nicht frömmer, als zuvor?

9. Da

9.

Du frömmer? Rief die Daube nach,
Du biſt noch eben deine Schmach,
Du biſt, wie ſonſt, der geile Freſſer,
Und ſcheinſt dir nur vergebens beſſer.
Dir wohnt dein böſer Trieb noch bey;
Du ſtillſt ihn ńur mit andern Dingen,
Und ſuchſt dir ſchmeichelnd beyzubringen,
Daſs deine Bruſt gebeſſert ſey.

10.

Bald, Plato, trifft dein Ausſpruch ein:
Die Tugend ſcheint ein Tauſch zu ſeyn;
Ein Laſter wird itzt ausgetrieben,
Ein andres fängt man an zu lieben.
Der Weichling flieht den geilen Scherz,
Wird karg, und nennt ſich fromm und klüger.
Wer iſt der liſtigſte Betrüger?
Iſts nicht des Menſchen eignes Herz?

*Die ganze Anlage. Ein Sperling friſt oft
den Dauben das Futter weg. Eine der Dauben wagt
es, ihm ſeine Unbilligkeit vorzuſtellen. Er verſpricht Beſſerung. Sie ſieht ihn darauf auf einem Kirſchbaume ſitzen; und er fragt, ob er
nicht ſein Wort gehalten hätte, und frömmer*

ge-

geworden wäre. Sie antwortet ihm: Nein, denn du baft noch die vorige Neigung, und ftillft fie nur mit andern Dingen. Die Moral. Unfre Tugend ift die meiftenmale ein Taufch. Man verläßt ein Lafter, und wählt dafür ein andres. Welcher Betrug!

Gefetzt, diefe Erfindung wäre richtig und finnbildlich genug: fo würde fie doch nicht gefallen. Das Anziehende fehlt ihr. Allein das Richtige und Allegorifche fcheint ihr auch zu fehlen. Was foll z. E. der Sperling freffen, wenn er auf den Bäumen und auf dem Felde gar keine Frucht rauben foll? Und wenn er diefes thun darf, fo ift feine Handlung kein Bild einer unerlaubten menfchlichen Handlung. Ich fage: Der Weichling flieht den geilen Scherz, wird karg und nennt fich fromm und klüger. Diefes Exempel hat keinen Gegenftand an dem Sperlinge. Der Sperling hat feine Neigung mit keiner andern vertaufcht. Er ift immer noch genäfchig. Er ftillt feine Neigung der Leckerey nur durch andre Dinge. Aber dieß alles bey Seite gefetzt; ift die Ausführung, die Art zu erzählen gut? Nichts weniger. Die Erzählung hat wiederum viel Müßiges und Langweiliges; z. E. die Befchreibung der Daube in zwo Strophen. Es ift ferner zu weit bey der Erzählung ausgeholt.

Ein

Ein Fehler, den viele meiner Fabeln in den Beluftigungen haben! Anders zu reden, die Fabel
ift nicht kurz genug, weil Umftände eingefchaltet
find, ohne welche man das Folgende hätte verftehen können. Sollten diefe Umftände ja notbwen-
dig fcheinen, fo mufsten fie munter und lebhaft
gefagt werden; und alsdenn hätte man fie des
Muntern wegen ungern entbehrt. Diefs habe ich
nicht gethan. Es ift trockner Ernft. Alles, was
in den erften vier Strophen und in der Hälfte der
fünften ftebt, follte, wenn der Anfang der Erzählung aus dem Gefichtspuncte der Abficht beftimmt wird, fo eingerichtet feyn: Ein Sperling
frafs oft den Dauben das Futter mit weg. Eine
von den Dauben redte ihn deswegen alfo an. Ich
weifs auch nicht, warum der Redner eben eine
Daube, und kein Dauber ift. Der letzte fcheint
mehr Recht dazu zu haben.

Die Sprache der Erzählung. Sie ift zu
trocken und fchwerfällig. Sie ift nicht munter,
nicht naif. Fehlers genug! Sie ift gezwungen,
oft von dem Reime, oft von dem Sylbenmafse,
felten von der Sache erzeugt.

Erfte Strophe. Ein Vogel unverfchämter
Zucht. Eine gezwungene Befchreibung! Was
heifst Zucht? Heifst es von einem unverfchäm-
ten

ten Gefchlechte, oder foll Zucht, Sitten bedeuten? Der lieber ftiehlt, als *Arbeit* fucht; *follte beißen, als arbeitet. Stehlen gefällt mir auch nicht.* Ein Sperling half den frommen Dauben oft ihre Koſt vom Schlage rauben. *Half rauben anſtatt er raubte, iſt der liebe Reim. Half rauben, heißt, er raubte mit andern. Wo ſteht etwas davon? Soll der Leſer mehr Sperlinge oder andre Vögel in Gedanken hinzuſetzen?* Früh, wenn beym erſten Sonnenſchein der Hauswirth ſang und Futter ſtreute, fand er ſich an des Schlages Seite mehr frech als ſcheu zum Frühſtück ein. *Beym erſten Sonnenſchein; nicht gut geſagt, zu proſaiſch; ferner nicht nöthig, außer weil der Reim ein den Sonnenſchein verlangte. Der Hauswirth ſang; dieſer kleine Umſtand hätte, da er nichts zur Sache beyträgt, wenigſtens nicht ſo vorherlaufen, ſondern lieber durch ſingend angegeben werden ſollen. Futter ſtreute; futterte, wäre natürlicher, aber ſo hätte ich nicht Seite darauf reimen können. Mehr frech als ſcheu. Welcher Gegenſatz? Welches Gedrechſelte? Warum nicht lieber dreiſt, unverſchämt? Er fand ſich zum Frühſtück ein. Das ſich einfinden und das Frühſtück, welches die Spruche munter machen ſoll, ſticht zu ſehr gegen den Ernſt der vorhergehenden Rede ab. Das heißt, auf eine*

dunkle

dunkle Farbe gleich eine fehr helle erfcheinen laffen, ohne daß fie fich verlaufen.

Die ganze zweyte Strophe ift nicht nöthig. Und wenn der Umftand nöthig wäre, müßte er kürzer zufammen gezogen feyn. Fremdling ift nicht das rechte Wort. Der Sperling ift der Daube kein Fremdling. Schelmifche Gefieder. Was ift hier Gefieder? Wo heute nicht, gleich morgen; langweilig. Das Daubenchor ift fehr poetifch. Im Scherze gieng es an. Die ältefte von den ftillen Thieren. Wer wird die Dauben durch ftille Thiere befchreiben? So kann ich die Hühner, die Schaafe und alles ebenfalls ftille Thiere nennen. Lieber nichts gefagt, als die Idee von den Dauben befchwerlich gemacht. Aber ich mußte auf überführen reimen. Mehr redlich als gekünftelt vor. Wozu das? Den Vers voll zu machen. Soll das gekünftelt eine Satyre auf die fchlechten Redner feyn? Wer konnte fie hier erwarten? Wie find redlich und gekünftelt einander entgegen gefetzt? Natürlich gieng nicht in den Vers. Wie kann ich mir gekünftelt etwas vornehmen? Das weiß ich nicht. Gekünftelt etwas thun, das geht an, und die Fabel ift ein Beweis davon.

Nun

Nun kömmt die langweilige Beſchreibung der Daube. Geſetzt, ſie wäre überhaupt gut: ſo iſt ſie doch an dieſem Orte zu lang. Der Leſer wird aufgehalten und ermüdet. Dieß iſt nicht die Abſicht der Beſchreibungen. Wer ſchmückt kleine Theile ſo aus, daß ſie das Auge von den gröſſern und wichtigern Theilen abziehen? War der Schmuck hier nöthig? Die Daube mochte ſchön ſeyn oder nicht; ſie konnte ſagen, was ſie ſaget. Ihr ſittlicher Lobſpruch in der folgenden Strophe ſcheint ſich mehr mit der Abſicht zu vertragen. Einer Daube, die einen ſo guten bürgerlichen Character hat, läßt es am natürlichſten, dem Sperlinge eine Strafpredigt zu halten. Aber warum ſtraft ſie ihn? Darum, daß er ihr das Futter vom Schlage wegfraß. Braucht man, dieſes zu thun, einen moraliſch guten Character? Endlich, iſt die Beſchreibung ſchön? Sie kann es nicht ſeyn, wenn ſie zu lang und auſſer ihrem Orte iſt. Wir wollen ſie nach ihren einzelnen Zügen durchgehn, und nach den Farben. An Hals und Bruſt wie Schnee ſo weiß. *Sie hatte alſo einen weiſſen Hals.* Im blauen Schwanz und blauen Flügeln ſchien ſich ihr Mann oft zu beſpiegeln. *Sie hatte blaue Flügel und einen ſolchen Schwanz, in dem ſich ihr Mann (warum Mann?) oft zu beſpiegeln ſchien. Warum nur ſchien? That*

ers

ers nicht wirklich, wenn die Sache anders an-
gebt? *Oder mußte ich den Infinitivum fpie-
geln zu Flügeln buben?* Sie trug die Bruft gewölbt und frey. *Die Bruft frey tragen, gebt
an. Gewölbt tragen, gebt dieß auch an? Vielleicht bey den Dauben.* Die fchönften Latfchen
an den Füfsen. *Sie trug alfo Latfchen, und
zwar an den Füßen. Ift trug das rechte
Wort? Sagt man die Daube bat Latfchen an
den Füßen, oder fie trägt? Man fällt beynahe
durch das Wort tragen auf Bärlatfchen oder
Filzfcbube.* Sie konnt auch alt noch zärtlich
küffen, war fchön, und doch dem Manne
treu. *Ift treu zu feyn eine große Tugend für
Alte? Wozu alfo diefer doppelte Umftand? Soll
es Satyre feyn? Oder ift es nur Ueppigkeit des
Witzes, da man einen Einfall nicht zurück
balten kann, weil er uns gefällt, ohne zu fragen, ob ihn die Sache gern verträgt?* noch
gröfsre Dinge zierten fie. *Die Dinge fchicken
fich weder auf das Vorbergebende, noch auf
das Nachfolgende. Sind das Dinge, daß fie einen weißen Hals und blaue Flügel hatte? Sind
das Dinge, daß fie ihre Kinder mit ins Feld
nahm und fie nicht zu Schaden fliegen liefs?
Mit gefchickter Müh, ift gezwungen. Wohl;
ift hier matt, profaifch. Zwanzig Kinder;
nicht fchön.* Die Körner, die in Furchen lie-

gen, die, lehrte fie, find euch beftellt. *Das lehrte fie, ift hart, gezwungen.* Sind euch beftellt, anftatt find für euch, ift Reim, ift undeutfch. In Furchen; nein, in den Furchen. Nicht ungeftüm und auch nicht blöde. *Wieder ein froftiger Gegenfatz des Verfes und Reims wegen!* Bift du, fo fragt fie, tugendhaft? *Die ganze Rede ift fchlecht. Ich hätte beffer gethan, ich hätte keine fo fchöne Daube auftreten laffen.* Tugendhaft ift zu menfchlich, zu philofophifch. Was mir und den befchieden, nämlich, ift, das hier nicht fehlen kann. Und wer find die den? *Vermuthlich die Umftehenden, alfo denen, diefen; Undeutfch, wider die Grammatik: Du nimmft, was mir und den befchieden ift; hätte es trockner gefagt werden können? Ift es nicht fchon wieder der Reim?* Diefs ift der Böfen Eigenfchaft. *Herzlich matt, trocken gereimt.*

Der Sperling ward fo gleich gerührt. Darüber kann man fich mit Recht wundern. Doch die Sperlinge fehen vielleicht nicht auf die Beredfamkeit, fondern auf die Sachen. Nur bin ich noch nicht überführt, ob mehr ihr Anfehn oder Sagen zu diefem Siege beygetragen. *Es fcheint, als hätte ichs gefühlt, daß die Rede der Daube nichts taugt. Aber ich*

G 6 *hätte*

hätte doch den *fchläferigen Vers, Nur bin ich noch nicht überführt, auch fühlen follen, um ihn wegzulaffen.* Ob mehr ihr Anfehn oder Sagen. *Das Sagen anftatt ihre Rede, ift hier eine Freyheit, die der Reim entfchuldigt.* Zu diefem Siege beygetragen. *Beygetragen ift nebft dem ob mehr durchaus matt, profaifch; und Sieg fchickt fich hieher nicht.* Die Ueberzeugung war gefchehn. *Da fchon der Sieg war erwähnet worden, fo ift diefes fehr kraftlos.* Gleich von diefer Stunde. *Das gleich ift nicht fchön.* Nun in der folgenden Zeile, *ift ein leeres Wort.* Er hält fein Wort auch ohne Schwur. *Ohne Schwur; wieder der Reim!* Und ob er öfters füttern fahe. *Das ob er, anftatt ob er gleich, ift unrichtig und matt.* Kam er doch nie dem Schlage nahe; *nahe, es follte wohl nah, oder zu nah beißen.* Einft frifst er in der fchönften Ruh; *fchönfte Ruh, fchlecht gefagt.* Großer Verdacht, daß *es der Reim fagt, und nicht der Autor.* Da fieht ihm unfre Daube zu. *Schläfrig verbunden!* Wie klug weifst du im Sitzen. *Im Sitzen, merkwürdiger Umftand! Endlich warum nicht fitzend?* Der fremden Frucht bequem zu nützen. *Harter, unnatürlicher Ausdruck! Die Frucht der Fremden bequem nützen; und das von einem Sperlinge gefagt?*

Wäre

Wäre es nicht beſſer: wie gut läſt du dir die fremden Früchte ſchmecken? Aber auf ſchmecken war gleich kein Reim da. Der Sperling hüpft ſogleich empor. *Hüpft empor, wo war er? Er ſaß.* Wo ſaß er? In den Kirſchen, oder in den Schotten? *Er hüpft alſo in die Höhe, und nicht empor.* Dieß iſt fremd. *Und warum hüpft er empor? Iſt es nöthig? Iſt der Umſtand gebraucht worden?* Hab ich mein Laſter nicht gelaſſen. *Mein Laſter; zu arg!* Frömmer als zuvor, iſt nicht die rechte Sprache. Du frömmer? rief die Daube nach. *Warum nach? Iſt es nicht an rief genug? Sieht der Leſer nicht, daß du frömmer, eine Wiederholung iſt?* Du biſt noch eben deine Schmach. *Das iſt ſehr poetiſch geredt, bis auf das eben; das ſchickt ſich in den fremden Ton, du biſt deine Schmach, nicht recht gut.* Der geile Freſſer iſt ſehr niedrig gegen: du biſt deine Schmach. *Iſt zu grob geſchmält.* ·Das beißt die Natur ergreifen, nicht ſchön nachahmen. Dir wohnt dein böſer Trieb noch bey. *Beywohnen; ein böſer Trieb wohnt mir bey; iſt das die Sprache des Lebens? Es iſt wohl gar keine Sprache.* Und ſuchſt dir ſchmeichelnd beyzubringen. *Beyzubringen; gereimt, anſtatt dich zu bereden.* Dieß war das Wort. Daſs deine Bruſt gebeſſert ſey, *Bruſt, ſehr poetiſch anſtatt Herz.*

G 7 *Die*

Die *Moral hat überhaupt eine fehr gelehrte Mine, die fie nicht haben foll.* Bald,
Plato, trift dein Ausfpruch ein, die Tugend
fcheint ein Taufch zu feyn. *Gelebrt! Plato hat
es gefagt. Warum trifft die Sache nur bald
ein? Ich dächte, fie träfe oft ein. Ift alfo
nicht richtig gedacht, oder nicht recht geredt.*
Ein Lafter wird itzt ausgetrieben. *Austrei-
ben ift platt; vertrieben follte es heißen.* Der
Weichling flieht den geilen Scherz. *Was ift
der geile Scherz? Vermutblich die Wolluft.
Heißt die Wolluft ein geiler Scherz? Der letzte Vers wird fich vermutblich mit Herz fchließ-
fen.* Wird karg und nennt fich fromm und
klüger. *Klüger; gezwungen. Die ganze
Moral hätte heißen follen: Wie oft ift unfre
Tugend ein Taufch mit unfern Laftern! Eins
laffen wir, ergreifen ein anders, und bereden
uns, beffer zu feyn. Wie fehr betrügt fich
das menfchliche Herz!*

Das *find die vornehmften Fehler, und
wo find denn die Schönheiten? Gefetzt, alle diefe Fehler wären nicht da; würde die Fabel
darum fchön feyn? Sie könnte noch mittelmäßig,
das heißt ehend feyn. Wo ift wiederum das
Natürliche und Leichte, das in der Kunft zu
erzählen fo gefällt; das die Seele der Erzäh-*
										lung,

lung, das die Nachahmung des fchönen Dialo-
gifchen ift? Wo ift die Kürze, die fich mit
der Deutlichkeit, Vollftändigkeit, und Lebhaftig-
keit verträgt? Wo ift der Saft, der fich in einem Werke des Gefchmacks, gleich dem Safte
in einem blühenden Baume, durch alle Theile,
durch Sachen, Wendungen, Sprache, verbrei-
ten, alles erfrifchen und beleben muß? Wo find
die Stellen, von denen der Lefer fagt: Das
war treflich! O wie fchön, wie ungezwungen!
Hätte man es anders fagen können? Wo find
die Stellen, die fich auswendig behalten laffen?
Wer lieft fo eine Fabel zwey, dreymal, und
vergnügt fich das letztemal noch, gleich dem
erften?

So fehlerhaft find die meiften meiner
Fabeln und der übrigen Gedichte in den Beluftigungen. Darf fich wohl jemand wundern,
warum ich fie nicht habe zufammdrucken laffen?

Verzeichniß
der in dieser Sammlung enthaltenen Stücke.

Erster Theil.
Fabeln und Erzählungen.

Die

Oden.

Ein Schäferspiel.

Beurtheilungen einiger Fabeln aus den Belustigungen.

www.ingramcontent.com/pod-product-compliance
Lightning Source LLC
Chambersburg PA
CBHW021117020726
47500CB00003B/807